将軍の鯰

足利義満と画僧如拙

吉野光
Yoshino Hikaru

作品社

将軍の鯰

——足利義満と画僧如拙

1

大宋国（中華大陸）の奥地に、撃壌の村里がある。

如拙は寺に入って間もなく、老師からその村里の事を聞いた。古い聖王伝説や史書が記す「尭舜の治世」の、全き平安を実現した土地が、今も実際に残っている、という。

如拙は地元の寺で老師の身辺の世話をする傍、漢籍や書画を習う喝食《かっしき》（寺童）だった。

老師は京の夢窓派に連なる禅学だが、出世を厭い、煙霞《えんか》を好み、自ら辺地の寺々を住持して渉《ある》く境涯を選んでいた。若い頃、大陸に渡り、尊宿を求めて江南の諸寺を歴巡したが、ある時浙江省湖州に呉興所縁《ごこうゆかり》の歴代画人の蹟を尋ね、東天目山の聖地を目指して分け入った山中に、確かにその村を見た、という。

古来、平安の里の中心には社稷《しゃしょく》（土穀の神）を祠る大木があって、人々はその下で作し、憩い、禾黍油々《かしょゆうゆう》の風に吹かれ、北窓に臥して書を読み、祖廟《そびょう》の麓で陶器を焼き、井《せい》を穿《うが》ち、瓜《うり》を冷し、竈に饅頭が蒸けるのを待って暮して来た。

だが、老師の見たその村には、大木の代りに塔があった。江南らしい八角七層の塼塔《せんとう》で、呉興城内の眠仏寺《めんぶつじ》の塔と似ていたが、もっと古く、塔頂はかつて落雷で消失し、剥き出された本体が麦秋の奥に立っていた。禾黍油々のかわりに広大な稲田が開け、人々は「湖筆」を作り、また、自ら筆を執り、「琴棋書画《きんきしょが》」する楽しみに飽きると、悠々の河辺に出て竹の簀《す》で鯰を捕る。竹林で茶を煮、談笑し、園圃に出て韮《にら》を採る。鯰は孝行息子の嫁と、厨で包丁にかけ味噌と韮のみで煮る。鯰の味を生かすため、胡麻油は用いない。中庭の蓮池には、千年の蓮華が開き、鴛鴦《えんおう》が多産の徴《しるし》の紅蓼《こうりょう》（たで）の株を分けている。

後になって考えてみれば、こういう至福の光景は、戦乱に逐われて安住の地を求める武家や僧徒が思い描く、現実の裏側の都邑《とゆう》の形象に他ならなかったかも知れない。だが、老師の物語から如拙が思い描く村里の風景は、時代や土地の制約を超えた、限りなく豊穣な平安と安寧の世界であり、遠大な「山水画」の天地だった。この地上に実在する撃壌の土地、過去と未来に有り得べき最良の村の風景が、以心伝心で少年の表現に委ねられた。

如拙の生家は、筑前大宰府近在の村里に屋形を構える小領主家（名主）で、「在地土豪の力が強く地頭を入れ難い」と言われる北九州の土豪層の中ではそう大きい家ではないが、近隣の小名主家を束ね、代々守護方の国役（貢納）軍事に与同（協力）して来た家である。九州探題が置かれた頃には鎮西将軍の一色家に加担し、また、大宰府の少弐《しょうに》家が筑前守護を兼ねてからは少弐家に従い、地域の財政を支えて来た。父の代になり北九州で南朝勢力が強大化し、後醍醐帝の王子懐良《かねよし》親王を奉ずる菊池家が、少弐・大友ら北朝方との戦いを勝抜き、正平十六年（一三六一）大宰府入りを果すと、今度は菊池家の検見《けみ》役の要求通りの額を貢納して大宰府を支えた。征西将軍府の主となった懐良親王に対しては「家《いえ》の子《こ》」（庶流家）の娘を采女《うねめ》（侍女）奉公に出し、やがて府庁官人・公家方の妻妾《さいしょう》に取立られる事があるのを是認する、という形で、協力・参与の意を示した。後醍醐帝の王子派遣で京を出、大宰府に着くのに三十年を要した親王の征西の旅には、行く先々に営まれる行宮《あんぐう》に、新しい生命を吹込む地元土豪・南朝支持豪族の娘達の存在が必須だったのだ。

　父は武辺のことに敢えて自らを疎んじ、専ら土地経営と一族の文化の維持・育成に務めた。もとより足利の御一門政体からは遠い存在である。足利初代の尊氏が建武中興の際、後醍醐帝と対立し九州に下野しながら、土地土豪の支持を得て再起し、東上戦に臨んだ時、長引く兵站《へいたん》線を支えたのが、下野途次、各地に有力武将を残留させ、土地の人々と共に食糧・馬《ば》匹《ひっ》・武具の生産に当らせた「兵粮料所《ひょうろうりょうしょ》」だったことを、足利方も南朝方も忘れていない。父はこの歴史的記憶に守られ、領地を兵粮基地に準じ、生産と流通を盛んにし、一族の富裕と好学、数寄《すき》の伝統を保った。このような非戦の気風は、自然、豊かな文人趣味に繋った。博多の宋商とも話が通じ、会合衆《えごうしゅう》の移入する文物を、地位の証明の如く玉石混淆のままに買ったりもした。自らも武家の嗜みとされる書画を手がけたので、屋形には宋・元時代（の作と称《い》う）宮廷趣味の画や、僧侶・士大夫《したいふ》文人《ぶんじん》画の主流となっていた水墨の「山水」や墨画彩色の「花鳥」「草木鳥獣蟲魚」の画軸・巻子《かんす》が溢れていた。如拙の中華の正統表現に対する憧憬や信頼は、幼時、これらの作品群に親しんで育てられる中で養われたものと思われる。

如拙は生来、柄《からだ》は人並だが、臆病で、遊び好きのくせに運動能力に劣り、競争に負ける。相撲《すもう》をとっても、跳馬をしても、毬打《ぎっちょう》遊びをしても、人に負けるので、相手をしてくれるのはいつも女の子ばかりだった。

屋形には厩も的場もあり、長兄や次兄は幼少から弓馬刀箭の技を身につけたが、三男坊の如拙は端《はな》から武芸になじめず、「家の子」（庶流・縁戚）「郎党」（所従）の子供達を募《つの》っての訓練にも一番ひけをとるのが常なのだった。

だが、そのお蔭で、如拙には別種の能力が培われた。臆病のせいで物事の呑込が早く、物覚えが良い。悪童の惨酷な嘲りを滑稽な笑いでやり返す軽佻が、気弱を覆い隠し「可笑しな奴」の異名をとる。早くから難しい漢字を解し、大人向の文辞や詩句や書画を好み、画を描かせると、父も顔負けの才筆を示すので、末は出家して画僧にでもなるしかない、と先を見越され、それだけ期待もされる少年だった。当時、ある程度の資産のある家では、長男は家の土地と財産と文化・歴史伝統を継ぎ、次男は分家して庶流家を立て、三男は家を出て学問・技能を身につけ、学者や医師《くすし》や特殊芸能家や僧侶になるのが一番良い処世と思われていた。如拙は当初から、自分は出家する身と思って育った。実際十一、二の「手（筆）の性」が見えてくる頃、父の計いで地元の寺に預けられ、老師の身辺の世話をする傍、書画を習う喝食になったのだった。

寺に入って撃壌世界の存在を知らされると、如拙の心には、幼時父の書屋で親しんだ中華大陸の山水風景が、いっそう鮮かな具体的形象を伴って、立ち現われて来た。それはこの土地の明るく晴れた郷愁――一度滅びた都・大宰府の栄耀の中心に楼門が立つ風景とも似ていた。だが如拙の心の中では、現実の景境が見せる情緒の予感よりも、老師の語る撃壌の村の風景の方が、大きな位置を占めた。いつかはそれを描かねばならない。その土地へ、いつか心が行き着かねばならない、という気がする。

風景の奥に塔があった。生涯の画事の事初めに、山水と蓮池と悠々の鯰がいる。人間の営みは、春秋の奥、天を指す塔と大地を司る鯰の中間にあるように思えた。


夏の終りに、如拙は休暇を許され、里帰りし、久々に魚食《うおぐ》いの放行《ほうぎょう》を味わった。十代の半ばを過ぎ、もうすぐ剃髪・得度して本物の沙弥《しゃみ》（僧）になる身なので、今の内に家族の恩愛と故郷の「土地」の感情に触れ、心に棄てるべきは棄て、仏家世界に参到する覚悟をせよ、と老師は如拙に言渡した。後で判った事だが、老師にも父にも、如拙を将来京へ送り出し、大寺に入れ、有力な画僧に育てたい、という希望があったのだ。

三日目に、屋形に客があった。大宰府――征西将軍府の遣いが、吉野の南朝宮廷へ、北九州制圧の完了と九州南朝の安定・隆盛を報告し、博多湊から上る唐物と、土地の名産とを贈り届ける。その旅の一行がこの地の特産の「絹織」「酒」を荷に加えるため、立ち寄ったのだ。

父は一行を大広間に上げ、酒肴を整えて接待した。

一行の主賓は三人――懐良親王の征西の旅に同行し、親王の学問の御進講役を務めてきた「史生」。同じく行宮《あんぐう》で、長年、采女《うねめ》（女孺《にょうじゅ》）頭《がしら》として侍女達を仕切って来た「典侍《ないし》」。もう一人は二十歳前後の娘で、やはり親王の旅に随行した宮廷絵師が途上没した、その忘れ形見という、珍しい「女絵師」だった。若いが九州南朝宮廷の老若を相手に、歴史や物語を絵にし、心を慰め平穏を保つ事に貢献して来た立派な絵師である。三人を上席に、下座には菊池家の警護の武将三人と、向い合って、父と長兄と分家（庶流家の子）の次兄とが居並び地酒を汲み交わし、高足の膳に盛った馳走を口にした。如拙は末席に、水干小袴《すいかんこばかま》の武家小童の姿で坐らされ、大人達の危険な会話に耳を傾けていた。

何献めかに出した「子持鮎のすし」が殊の外、客人達の気に入ったらしい。

「成程、爽快な味じゃのォ。まさに名品であるぞ」

御進講役はもぐもぐすしを頬ばった。京を出て三十年、ようやくこの味に辿り着いた。出発の時七歳だった親王が今は四十近い。

「真事、鮎は年月の使いと思われる」

ただ、と御進講役は学者の悪癖で、蘊蓄を披露した。――「鮎」の字は彼国（中華）では〈ネン〉と読み、「なまず」を意味するが、我が朝では「鮎」は「あゆ」を意味するので、混同しない方が良い。「なまず」は我朝では「鯰」と書く。我々は区別して、「なまず」は「鯰」で通しているが「あゆ」は本来なら「鮎」とせず、「年魚」とか「香魚」と書きたいものだ。――

采女（女孺）頭で歌詠みでもあるという典侍が御進講役に口調を合わせた。

「ほんに、沢苔の涼気と、山里の香りとが混って佳き塩梅ですこと。これならば、往昔《そのむかし》の『延喜式』に、
内子年魚《こごもりあゆ》すし　大宰府
とあるのも宜《むべ》なるかな、と思えます。菅原道真公も、さぞかしお楽しみだったことでありましょう」

歴史も文学も良く識るのが地元の土豪・名主家の人々だと行宮暮しの体験から心得ている典侍だが、詳しい解釈は公家方に委せて下さい、と言いたげな口調だった。

次兄がむ！　と反発して、子持鮎が溯上してくる時分に、聚落総出で梁漁《やなど》り、臓《わた》を抜き、塩を詰め米麹《こめこうじ》に漬け、笹に包んで樽に寝かせ、熟れて来たところで食するのは、苦労だが楽しい。「武士も百姓衆も一緒になって作るのが、この里の慣いであり申す」と突っ跳ねた。山野の恵みに対する入会権を「治者」が独占せず、生産も分配も平等で身分差が失くなるのが、すし造り、酒造りの楽しみなのだ。

長兄が菊池方の反応に気を遣いながら次兄に助太刀した。

「然様《さよう》、然様。この里では、何事も士農一体でござってな。足利尊氏公が地蔵尊を描いて戦勝を祈ったと同じで、大地の生産力こそ戦力と心得ますな」

菊池の武将達は足利尊氏の名にぴりり、と侍眉をつり上げ、攻撃体制に入った蜂の様に鋭《すす》どい戦意を露わにした。

「そう言えば、昔、この家のご先祖は足利尊氏公東上戦に加わり、輜重《しちょう》隊を率いて湊川まで赴き、楠木正成《くすのきまさしげ》公討死の様子を見て心を動かされ、帰還後は、足利家と楠木家の両方を尊敬し、以来戦死者に対しては、南北の区別なく僧徒並に〝敵味方供養〟の立場を採っておわす。そうでござったな、主殿《あるじどの》？」

「同じ日本人同士、死して敵味方の区別はございませぬ」

「然様か。それなら、これからどの様になろうとも、我らは等しくご供養に与かれるという訳だ」

話が剣呑になる、と見て、御進講と典侍とが「まァ、まァ」「宜し、宜し」と宥《なだ》めに入った。

「いま、この北九州には、いっとき平安がもたらされておる。それが一番良いことなのではないか。我らを征西の旅に出された後醍醐の帝は、もうおわさぬ。尊氏公は己を凶賊にした帝を少しも怨まず、その菩提のために天龍寺を建てられた。南北和解の種はもう播かれておる。今は矛を休めて、暫く平和を維持しようではありませぬか」

「それよ、それ。我ら宮廷の者同士には、もとから南北対立の感情が薄くてのォ。吉野の本宮の方々と、京の朝廷の方々との間には、表には立てぬが幾らでも往き来がある」

「今度の我らの吉野行ものォ。実はこの三十年の旅の間に行宮にあって公家方の詠み貯めた詩歌を集めて、京方と合わせ、詩歌集を作ろうという相談になって、その草稿を届ける旅なのじゃ」

「うむ。我らにとって、これは詩歌《うた》の旅である」

菊池の武将達も、父と二人の兄達も、ぐ！　と息を詰めた。詩歌の旅！——武家が宮廷を守り、生命を懸けて戦っている時、行宮の内部には、歌を詠み、画を描いて、芸術の効用を語り合う優雅な輩がいた。何と不当な話《こと》だと人は思うが、彼らはその優雅をこそ特権として、戦乱の時代に戦争の役に立たぬ詩・書・画や音曲の存在を支えているのだ。

突然「おほ、ほ！」という軽い嗤いが、廂の座を這って重苦しい空気を吹払った。女絵師は姿の優美と爽やかな眸《ひとみ》に似合わぬ、嬌慢な、直情な口を利いた。

「詩歌《うた》の旅とは、耳よりな。けれども響きは良いなァ。ついでに唐物と絵との旅だ、とも言って貰いたいわ。絵の話《こと》はこの妾《わらわ》に委せて貰いたいが、さて、菊池の殿方よ。何にもお強い御身方は出発に際して、この旅は土地の娘御《むすめご》を物色する旅じゃ、とお言いやった。それならそうと早うせぬか。ほれ！　付文《つけぶみ》も読み下せるが詩歌《うた》も尻上りの可愛《かわ》ゆい女子衆《おなごし》が、行き場を失ってうろうろしているぞ」

実際、高足の膳を運んで来た娘達も、提子《ひさげ》に酒を汲んで来た娘達も、大人同士の直截な会話の敵意の応酬の中で立往生していた。

膳部を運ぶのは、庶流家や領内名主家から集り、応援に駆けつけた若い娘達だった。酔いがまわると、菊池の武将は征服者の本性を現わし「良かたい、良かたい」と酒肴と娘の両方を讃めた。

「まっこと、すしの味わい方は女子《おなご》の味わい方と同じでござるな。女子はこんぐらいに、ぎゅーっ！　と掻き込んで、嫌じゃと逃ぐるをばァーっ！　と捕まえて、どかーっ！　と致して熟れ切った所を食するのが一番でござるな」

「これ、口をつつしめ」

「お上﨟方の手前であるぞ」

武士達は互いに制止し合い、上座の三人の公家を気づかった。

父は御進講老人と典侍の許しを得て、女絵師と如拙とを、廂の奥の控えの間に下らせた。

先輩の絵師殿に絵を見せて貰い、様々、画譚など聞かせて貰え、という。二人は控えの間へ移った。

娘は勝手知った風に、如拙を奥へ導いた。葛籠《つづらこ》の荷の番をしている菊池の中間武者《ちゅうげんむしゃ》が厨の人々から酒を振舞われ、立て掛けた太刀に縋りながらとろとろ居眠りしているのを、とん、と蹴り、あわてて立ち上る鼻先へふい、と指を出し、脇の小部屋を示した。武者は身を縮め、太刀と酒入りの瓢箪を下げて小部屋へ退った。辺りに人目がなくなるのを確かめると、娘は葛籠の結び紐をさっと解《ほど》き、蓋をあけ、中から畳紙《たとう》に包んだ掛幅を二幅取り出し、押板壁の鉤に掛け、するすると吊り下ろした。

正座して絵を見上げる如拙の目に、濃彩の「大和絵」技法の、これまでの寺での「漢画」（水墨の山水人物花鳥）学習では扱ったことのない大人の情感が入り込んで来た。筆遣いも賦彩も、幼童性の夢に彩られている。「右は父の絵で『鯰々大橘《ねんねんだいきつ》』という。ほれ、美人が倚る窓辺の盂《う》鉢（果物碗）に鯰と橘の実が盛ってあるであろう。橘の山の奥の白い腹出し鯰。天井の角灯《らんたん》目がけて、にょきりぬらり立つ鯰。其方はこれを不吉と思うか、吉と見るか？」

「大吉、が良かと存じます。橘の生気が勝っちょりますすけん」

「生気⁉　これは良い。名答じゃ。実はこれはな〝今年も吉祥あらん〟という祈りをこめた『年々大吉《ねんねんだいきち》』の意なのじゃ。中華の富裕者、宮廷人の邸に飾る『年画』即ち暦の絵柄でな。それを父は借りて、わが国の吉祥の大和絵に転換した。美人に国境はない。無邪気に微笑している女子や、鯰や橘は、人の情感を高め、生きてある日々の楽しみを教えるのだよ」

「鯰をこんげに可愛らしく、色っぽい姿で描く画があるなんて、知り申《も》っしませんでした」

「さて、左の絵は妾自身《わらわ》の絵で『麻姑献寿《まこけんじゅ》』という。美女の神仙の麻姑がな――また美人で悪かったが――長寿の寿老人に、なおの長寿を勧めて酒を献じるところじゃ。神仙境の桃の木の下で、いま、唐子《からこ》達がとてつもなく大きな桃を抱えて麻姑と寿老人の方へ歩み寄る。これこそ更に千年の齢を保つべき長寿の桃だ。神仙の麻姑の天平美人の様な、領布《ひれ》が風になびく姿と、神仙の下され物の桃の巨きさを楽しんでくれれば良い」

「寿老のうしろの老樹の下ででっかい瓢箪を抱えている児童は何を意味するとですか？」

「何をって、見ての通り、大瓢箪から黄金の蝙蝠《こうもり》が無数に翔び立っているであろう。蝙蝠の『蝠』は幸福の『福』に通じるのでな、これは『至福千年』の謂《いい》なのじゃ」

「何故、瓢箪から福が出るのです？」

「瓢《ふくべ》は妾のような大和絵を手がける者にとっては無限の欲望を呑み込み貯える大容量の器だ。

齢を経た大瓢箪はそれこそ豊穣と有徳、財福の象徴なのだよ」

如拙は黙って頷いた。禅寺の画学では、いや、大体水墨「漢画」の世界では、寿老が杖の把手にぶら下げて歩く瓢箪は、天地の極大から極小の零まで、即ち空無まで全てを呑み込む器なのであり、虚空の象徴だ。その形は画には描きやすいが超越的な人間の姿であり、その内実は、大人にならなければ――いや、大人になっても、なかなか把えられない。それに比べ大和絵は良い。禅の観念などとは無縁に、優雅に組していられる――。

女絵師は我らの絵は、今はこれ程のものでしかないので許して欲しい。次には其方の画を見せてたもれ、と誘いかけた。〈え〈ゑ〉は、大和絵を念頭に置く場合には絵《え》・絵師《えし》・絵巻《えまき》・絵合《えあ》わせと書くが、漢画を念頭に置く場合には画《え》・画師《えし》・画巻《がかん》・画合《えあ》わせと書く〉

「たまたま、瓢箪と鯰と、橘と桃の絵が出たとして同じき物共を描いた其方の画が見たい。絵合わせをしようではないか」

如拙は怯《ひる》んだ。絵合わせに出せる様な画は、まだ出来ていない。出家前の少年の超俗の努力が宮廷育ちの年上の女の優雅に勝てる訳はない。が、女絵師の言葉には、我が子を負かし支配しようとする慈母の愛欲のような響きがあった。「戸惑う必要はない。御身《おみ》がいつ帰って来ても良いよう、母御前《ははごぜ》がそのまま保ってある、というではないか。さァ、早く、奥の廂へ、案内してたもれ」

娘は自分の画室へ引入れるように、如拙を引っ張った。戸惑う如拙と縺《もつ》れて北牖《ほくゆう》（窓）に面した板間の、膠《にかわ》を炊く焙烙《ほうろく》の匂いの中に入ると、娘は一瞬静謐な緊張に身を浸し、如拙から身を放して、顔料も墨もま新しく現役の光沢を帯びているのを認めた。昨日と今日と、帰宅した如拙が父母の前で描いてみせた墨画や淡彩の紙面がそこらに散らかっている。

女絵師は、始め、輸入唐物の山水・花鳥獣が大変に豊富なのが羨しい、と素直に言った。それからこの一、二年の作に目を移し、とりわけ、昨日と今日描いた「柳下童子図」のまだ墨痕の瑞々しい画面に見入った。

楊柳の下、淀みに懸けた板橋に、二人の唐子《からこ》童子が這い蹲《うずくま》って、水面を見遣り、手を出している。小魚が寄って来る。童達は何を見ているのか？　目高《めだか》か、泥鰌《どじょう》か、小鮒か？

宋・元の画家、また日本の水墨画家達は、この画境を良く写し継いで来た。老師は魚を特定せず、己の心の奥に棲む魚を、素《しろ》い空間に「暗示」せよ、直接描いてはならぬ、と如拙に悟した。

如拙は幼少時に天から恵まれた幸福の一瞬が、撃壌の村里のそれと一つなのを感じていた。この童子喜戯の一瞬は、撃壌の里の――叢竹の村のはずれの悠々の川で、ある日ある時起った——いや、永劫に起る、千年の至福の姿なのだった。

「これは、これは。其方がこんな詩情風景を描いているとは知らなんだ。漢画は良いのォ。大人の夢をこんな洒脱な筆致で描くことができる。——」

「子供に返って無心に描け、言われましてんけど、何や解らへんよって、ただ楽しく描いただけで」

「なら、その楽しみを、無心なまま弥増《いやまし》に高めて進ぜようか。この童が指さしている川底の魚は、鯰じゃの」

今度は如拙が驚いて声をあげる番だった。初めて鯰の棲む里の気分を読み取ってくれる菩薩に出会したかの感謝の気持で一杯になる。同じ求法《ぐほう》の里に棲む先輩を見出した善童子の気分だ。

「竹の美しい佳い筆を産する里が彼国の湖州という所にあって、鯰が棲むと妾も聞くが、自ら往って来た人の話を聞けるとは、其方の身が羨しい。この画も佳い。どうやら、絵合せは、妾の負けじゃ。——なれど、妾にも言い分はあっての。本当は妾も『鯰々大橋』ばかりでなく、自らの鯰を描く事ができる、というより描かねばならぬ、と都人から需められている絵描きなのだよ。つまり向後《これから》、都へ乗り込む、となれば」

「都へ？——それと鯰とは、どげな関りが？」

「其方、鯰がどこに棲むものか、知らぬのか？」

え⁉ と如拙は戸惑った。それは、彼国の江南、秀竹の里、悠々の大地に棲むものと思っているが、そう言えば、この国の鯰は——？

「鯰はな、本来京の都と近江の湖《うみ》、河内・和泉の淀みの河にしか居らぬものぞ。それ故、鯰こそは、ここに都を造って良いという、安定した地盤の証と言える。京の都はな、鯰が大地を押えていてくれる、揺れのない、安心の土地の上に出来た、至福千年の都だったのじゃ」

都の象《しるし》⁉ 安定の証⁉ 如拙はぎょっとなり、娘の親しく圧しつけて来る身体の温かさから、身をもぎ離した。娘は並んで画を見下ろす姿勢を不意に変え、白粉の臭いの混る近さへぐっ！ と身を寄せて来た。

「一緒に都へ行こ。行って鯰を描ける絵師になろう。妾と夫婦《みょうと》になり、絵屋を開こうではないか？」

「何をお言い遣《や》るとですか？ 儂《わし》は今から僧になる身ですがな」

「宮廷にあっては、絵の話ができる男に逢う機会は稀であった。妾には、仲間がおらぬ。一人の味方もおらぬ孤独の身なのだ」

「何故に？」

「妾は、楠木党の血筋なのじゃ」

長征に従った絵師が、地元土豪の娘の采女奉公に上っていたのを見染め、嫁《め》とり、産ませたのがこの妾だという体裁になっているが、その実は、長征に同行した楠木党の雑仕女《ぞうしめ》（という名の遊女）の児である、と娘は改めて身上を語った。

後醍醐帝が延元三年（一三三八）、まだ七歳だった懐良親王を征西将軍に任じ、九州へ派遣した時「扈従《こじゅう》」したのは、廷臣にして武官の五条頼元ほか十二名だった。ただ、長征の旅には、護衛の軍勢の他、物資輸送の輜重隊、力者、衣食住の世話をする裁縫師、包丁人、下処《しも》理の雑仕女も従いて行ってやらねばならぬ。その点、楠木党の技能は重宝され、河内守護の楠木正行《まさつら》（正成の死と引かえに、所領を安堵されていた）は、一行の出発に多くの土木・水利技能者や、雑芸に携る人々を同行させた。女絵師の母は、そういう楠木党の血を引く器量良しの女達の一人だった。「それ故、皆、妾を女郎花《おみなえし》か女絵師《おんなえし》か、とからかう。表側では絵師殿という地位を認めてくれながら、裏にまわっては、遊女の児と蔑みたがる。宮廷の女達には、芸のある者に対する特有の嫉妬というものもあってな。何のこれしき、平相国清盛公だって遊女腹ぞと耐えて来たが、この頃は歳を意識するようになってのォ。このまま宮廷に務めるのでは、一期が適わぬ。外へ出よう。宮廷には暇をもらって京の都へ行かん、と思うようになった。御身と同じ、都の鯰を欲する身なのじゃよ」

女絵師は大袿《おおうちき》（上着）の裾をまくり、ぐい、とたくし上げ、小袖（中着）の裾をす速く左右に開き、その下の単《ひとえ》の襦袢（下着）の端をもさっさっと捲《まく》り上げると、白く丸い、生温かい腿を出し、その谷間へ如拙の頭部を掻き込んだ。顔が谷陰に圧し当てられた。柔かい慈母の赦しのような肯定の感覚が、瀆聖の熱気の中に生まれ、全身に拡がった。

「妾とて出家も同じ。明日の生命も知れぬ。生きている内に、生ける証が欲しい」

如拙は何が起っているのか解らぬまま、初めて触れる女の「生身」の赦しに、何故か自然な感謝の気持を抱き初めていた。が、その時、懸命にこれに耐え、悪鬼を降そうと「大悲心《だいひしん》陀羅尼《だらに》」を口中に唱えているもう一人の自分がいるのを発見し、俄に修行者の心を取り戻した。

娘はくっくっ！　と嬌慢に笑い、身体を離すと、そっと如拙の頬に、温い頬を磨りつけた。

「良い。良い。妾の間違いであった。御身は今から僧になる身じゃ。現世の喜びを知らず、知ることの意も知らず、明日は仏門に入ってゆく若者の定めが口惜《くちお》しい。なれど京に出て、絵を描いてゆく身分に変わりはない。妾とは、夫婦《みょうと》になれぬまでも、競い合って絵合せができる間柄じゃ。京で再会し、五年後、いや、十年後でも良い。必ず逢うて、愛《いと》しう、絵合せをしような」

やがて如拙は老師のもとを離れ、博多聖福寺末の会合衆肝煎りの寺に入り、時の住持の許で剃髪・得度して沙弥になった。

博多・北九州の禅寺は如拙の画学には最上の環境で、諸寺の先輩僧や同僚僧が「貴殿《きでん》は大宋国（中華）の御僧《ごそう》か？」と如拙の画を見て問うようになるのに時間はかからなかった。如拙が豊富な材料を得て、彼地の画人の構成・筆意に倣おうとする態度は、善財童子が真理を求めて発願し「大願を聞いて、仏国に往生せん」と五十三の知識を歴巡するのと似ていた。が、如拙の不器用は相変わらずだ。正直過ぎる探究的な筆致構成は、周辺の理解を得るに至らない。制作の基礎に、老師から教わった撃壊の土地の記憶がある。それは物語や、歴史記述や、叙事詩が介在して初めて可視化される題材で、先輩の禅僧画家や絵仏師や寺社の画所の画家が求める教法の顕現としての普遍の風景とも違う形象だ。

だが、如拙はかまわず心に映じた詩的山水を、象徴的で細緻な――ただ仏教者的情念のこもる描線で把えようとし、結果は奇妙な詩的浪漫を圧し隠した、鋭く理知的だが、どこかに諧謔・滑稽を含む画体を造り出した。先輩僧や留学（経験）僧や渡来僧達は、これなら大宋国の名手の画よりいっそう中華の画体に近いと感心したが、南宋の梁楷《りゃんかい》という一番機知性の強い、おそろしく主観的な筆意を持つ画家を好んで写したため、画に独特の鋭い機知が現われ、これだと巧過ぎるのか、拙いのか判らないため、「大巧は拙なる如しか」と人々は笑った。技巧は卓抜だが、精神に韜晦がある。「変な善童子」が博多にいる、と評判になった。

梁楷は南宋画院の待詔《たいしょう》（最高位の画人）だが、天子から金帯を賜わっても、そこらに放り出して画作に熱中していた、という。如拙はそういう画人の「自由」を好み、梁楷の筆法の中でも一番機鋒の鋭い「減筆《げんぴつ》」の禅宗祖師図や故事人物図を模倣したが、その恐るべき超俗世界には、とても及ばないことが、学べば学ぶほど解って来た。梁楷は禅僧ではないが、禅と深く関わり、解脱の境に近寄って行った人であろうと言われる。それもまた、いや、それこそが一番、如拙の学びにくい点で、如拙は一向悟りに至らなかった。それでも、如拙は梁楷を理想とし、目標として追った。そこに至れないまでも、宋・元時代の中華の画人達の蹟を日本に紹介し、その広大な精神世界を伝えてゆくことは、禅僧の責務だと思っていた。

2

南朝の大宰府支配は、応安四年（一三七一）、まだ十五歳の京の三代将軍義満《よしみつ》が、足利の有力支族であり、幕府引付頭人《ひきつけとうにん》にして侍所《さむらいどころ》の頭《とう》でもある今川貞世《いまがわさだよ》（了俊《りょうしゅん》）を、九州探題に送り込み、大宰府を攻略させ、翌年八月、陥落させることで終った。敗れた菊池勢は、隈《くま》の本城へ退いた。懐良親王と九州南朝の公家官人達は、山中に行宮を移し菊池の庇護の下、抵抗を続けた。

新しく大宰府の主となり、菊池の残存勢力を隈《くま》に追い詰めた今川了俊は、共に大宰府を陥した周防・長門・石見守護の大内弘世《ひろよ》と、その後の九州の領有・支配の形態、博多湊の利権、また利幅の大きい朝鮮半島との貿易権益を巡って、意見が合わなかった。幕府もまた、戦巧あった大内より、中央から派遣した今川に恩償を厚くし、やがて了俊を筑前守護に任じた。弘世は幕府の裁定に不満で、国元へ帰って、自ら安芸・石見の闘争を治め、領土拡張の意志を示した。その上、弘世は応安七年（一三七四）、隈へ退いた菊池の残存勢力追討につき、今川了俊を援けよ、という幕府の命令に従おうとしなかった。

まだ若い将軍の義満は「猜疑」を発し、大内に叛心あり、として、弘世から石見守護を取上げてしまった。

この時、弘世の長子・義弘《よしひろ》は、父の汚名を晴らすべく、永和元年（一三七五）、自ら大軍を率いて隈へ進軍し、菊池の残存勢力の中心・武朝らを討取り、大功を立てた。幕府は義弘の「忠節」を喜び、周防・長門・豊前の守護職を保たせ、石見を舎弟の満弘に分与した。

若い義弘――将軍義満より二つ歳上の青年――は父の弘世と大宰府攻略に加わったのが十六歳の初陣であった。その後の戦闘でも常に先陣を切って身に夥しい傷を負ったがその度蘇えり、二十歳になった今は大内の主将として弘世の後を襲い、三国の相となり、北九州の戦線を支配した。

永和二（一三七六）年春。博多湊は大明国から帰国した巨帆船の噂でもち切りだった。八年前幕府の意を受けて渡明し、足掛け九年、明国の事情を視察して来た絶海中津《ぜっかいちゅうしん》が、渡来僧や留学生、宋商や陪乗商人らを伴い、厖大な「荷」を積んで帰国したのだ。僧の持帰るべき文物や経典にしては、絶海の「荷」は多過ぎる、というので内容に疑問が持たれた。が、その中身が今後幕府の財政を左右しかねない高価な錦・金襴・宝鈔（紙幣）・銭貨や夥しい「唐物」であることを、同船帰国した人々も、それを待ち受けていた人々も、皆、知っていた。

絶海は将軍義満の「即刻上京せよ」という命令を聞かず、安全の為と称し博多市中の小庵に身を潜めた。多過ぎると評判の移入唐物については、市中一番安心な大内館の「漆喰壁」の倉庫に収め、京へは大内の水軍の護衛つきで送る手筈を整えていた。大内義弘は自ら輸入した文物唐物の内、良質な絵画を幕閣や京都人士へ送り届ける大内家の（父弘世以来の）伝統に意を用いている最中なので、倉庫も護送船も好んで提供した。

また、義弘は今川、大内の勢力圏に入った博多の財産・経済能力向上の一環として、唐物の集積を重視し、検分に入っていたので、絵画や工芸品の価値を識り、財政に組込んでゆく作業に口添え出来る禅僧を重宝し身辺に集めていた。京の将軍が「道の者」を集めたがる理由の一つは、この「財産創り」にある、と義弘は考えている。如拙の評判を聞き、宴席に招んで描かせたりしながら、その眼識の鋭さと真正直の画狂ぶり、臆さず物象を斬り取る画面の潔さが気に入り、将軍に引合わせるなら、この坊主だと心に決めている。が、一方、如拙の〝自由〟な価値判断こそが、将軍家の財産を公正に値踏みし、結果は幕府の財政を富ますだろう、という為政者らしい観測を怠らなかった。

京から何度目かの使者が来て、絶海の上京を促した。義弘は絶海の出発の日が近いことを知り、秋の一日、如拙を連れて絶海の庵を訪ねた。如拙は絶海の弟子という形で、伴われて上京するのが一番良い。絶海もまた、それを望んでいた。

人目を避けた小庵は、隠者の籠る方丈に盛沢山の唐物を並べた「壺中天」の趣があった。軒端の梅は黄葉を過ぎ、もう裸になっていたが、植込のやどり木の枝には冬を告げる緋連《ひれん》雀《じゃく》の群れが一杯に集って来て、枝をしなわせ旺盛に朱い実を啄《ついば》んでいる。「冬鳥」達は、身が太るだけ実を食べ「渡り」に必要な体力を貯え、春になると海を越え、大陸の奥地の故郷へ帰ってゆく。

如拙は晩秋の草木や冬告げ鳥に目を細めている絶海の楽しげな大陸流連譚を聞きながら、従僧の出してくれた中華風の点心を食べ、黄色い茶葉（煎茶）を飲んだ。どれも絶海の土産らしく、白磁茶碗の茶は蓮の香りを含んでいた。

押板床には、如拙が以前博多市中で会合衆家の画会に招ばれ、中華の商人らもいる前で描いた「梅花図」が立派に表装され、掛けられている。義弘が家臣団に命じ、所蔵の商人宅から借出した物だが、絶海はその出来映えが、現今の中華（今は明朝）の画人の技巧を超えるのではないか、と率直に喜びを口にした。

如拙は自分が描いた「梅花図」の長条幅を、改めて二人の大人の目を以て見直した。

梅花が宵闇に咲き競っている。太く堂々と揺ぎない枝ぶりだが、その蘖《ひこばえ》（根幹から出る孫枝）が長過ぎる。先へ行くと、ついには細くなり、針葉の様に鋭くなる。これでは梅花の重みに耐えられない、と言う人もいる事だろう。「痩硬に過ぎて人意を満さず」という世評も宜なる哉、と想いたくなる。勿論、如拙はそういう世評を承知しながら、気にもせず、否、むしろ勝手に言わせるのを楽しみに、不貞を決め込み、画人の〝自由〟を求めて来たのだったが、絶海の言葉は、そういう如拙の平然ぶりをも俗に見せる超俗の感情に満ちていた。

「良い線だ。良い墨だ。まさに暗香の梅という所だが、求むらくは、風が欲しいのォ。誰か軒端《のきば》の闇を叩いてくれれば、一輪、二輪は散るであろうに」

絶海は言って、自分の席へ戻り、移入唐物の白磁の筆架に差しかけてあった筆をとり、湖州硯の墨を吸わせ、床に滴らさぬようそっと左手を筆先に当て、如拙の画の前に戻った。それから、じっくり画面の余白に詩を書き入れた。岩の壁に寒山が詩を書きつける立姿を見るように、如拙は画面に墨色が染み透るのを見た。

孤山曽訪中庸子　　孤山かつて訪う中庸子
照水梅華処士家　　水を照らす梅華処士の家
駅使不伝南国信　　駅使は伝えず南国の信
黄昏和月看横斜　　黄昏月に和して横斜（枝）を看る

曽て（宋時代）梅を愛して西湖の孤山に隠れた林和靖《りんなせい》を、近くに住む高隠の僧の智園（中庸子）が訪ねた。そういう梅林の詩そのものの事蹟は、今はなく、ただ処士（官途につかぬ高士）の家の梅華が水に照る抒情世界がここに残っている。――「駅使は伝えず」とは、如拙も識っている宋の陸凱《りくがい》という文人の故事である。陸凱は江南に赴任していた時、長安に住む親友の范曄《はんよう》のため、梅花一枝を折り、わざわざ駅伝に托し、詩一首を添えて送った。

江南無別信　　江南に別の信なし
聊送一枝春　　聊か一枝の春を送る

今はこの事蹟も遠くなったが、梅花一枝はこの一幅の、黄昏棚引く中にある。横たわる枝は、やがて月に和す風情となる。と、絶海は闇の梅に風を入れたのだ。

「こういう、闇夜に人知れず香る盛んな梅を描く童子を、我輩《わし》は京の将軍に送る。――魁《さきがけ》一枝を送るね」


如拙の応諾を確かめるように、花頭窓の格子が鳴った。風が立ち、植込の橘擬《たちばなもどき》の枝に、一羽の鶫《つぐみ》が来て、赤い実を啄んでいた。同じく中華大陸から移植した常磐山樝子《ときわさんざし》には、かわらひわが群れ橙色の実を飽食している。鳥達の故郷は、僧の運命のように、大陸の北の奥から、この国の野の奥に変わっていた。絶海の無言の微笑を、義弘が引取った。

「絶海師のお言葉通りぞ。其処許《そこもと》の画は巧すぎて拙《つたな》いかに見ゆるところが良い。大巧は拙なる如し、とはこのことだ。『老子』の名言でのォ、

大巧《だいこう》は拙《せつ》なるが如《ごと》く
大盈《たいえい》は冲《むな》しきが若《ごと》し

と言う。絶海中津殿は、この『大巧如拙』を其方の法号と定めたいと仰言る。諱は大巧、号は如拙。良かったのォ。中華大陸で九年の修行を重ねられた絶海殿のお眼に敵ったのだぞ。其方の画は今や中華の画人に負けぬ域へ到達したのだ。この法号を有難く拝受し、絶海師にお伴して京に赴き、将軍義満公にお仕えせよ。良いな？」

「は、――」

と如拙は平身低頭した。幼時から本名より綽名で親しまれ、寺で貰った法緯より通称「如拙」を好んだので、改めての法号「大巧如拙」には、安堵の喜びがあった。が、自分の将来が現実世界の指導者達によって決められてゆく驚きと半ば面映ゆい期待と、未だ熟さぬ技量を自覚する脆《あやう》さの間を、心は往きつ戻りつした。

「臆する事はない。将軍の画事のお相手役・指南役というのは、恵まれた立場ぞな。別に将軍邸に住込む訳ではない。将軍のお抱えの〝道の者〟の一人となって、扶持を貰いながら、寺にあって画事工夫する。こんな結構な話はないであろう。勿論、将軍の画の師となるからには、将軍邸の襖・障子や屏風にも、頼まれたら描いてやらねばならん。他家の要望に応じてもよいが、その実、将軍の要請を優先する〝御用画師〟だ。画が気に入らなければ解任され、扶持を解かれる。将軍に不貞を働いたり、逆らったりすれば追放、場合によっては誅殺――お手討にされることもあり得る。結構な身分だが、慎重を要する難しい立場だ。覚悟して出かけよ」

「然《そ》うだが、然かし、――」

と絶海が莞爾として、話を受け止めた。「将軍が〝道の者〟を欲し、身近に置こうと企図している理由は、宮廷公家衆や、大中華帝国がこの国を碌な詩も作れず碌な画も描けぬ未開の国と見て加えてくる文化の上での圧迫と闘うためだ。画の世界でも、中華の絵画伝統の圧倒的な高みに対抗できる我国の画人が欲しい。その点、宋元時代の体をよく写す能力があり、今や彼らよりもっと中華らしい絵画が描ける其方――大巧如拙の画技は、将軍の欲する〝道の者〟に当る。将軍が気に入る、入らぬの問題ではなく、日本の文化能力の高さを示すか、どうか、が問題なのだ。従って、のオ。如拙よ、其方は将軍の思惑や幕閣・諸侯の都合など更に気にする必要はない。其方は〝画人の自由〟を以て、勝手気儘に、自分の求める世界を描いてくれれば良いのだ。九州の『狂客』であれば良い。善財童子を続ければ良い。将軍も若いが禅を好んで聴く求道者だ。画人の〝自由〟には、将軍の方で必ず従いて来る」

「然様、お言葉通りでございますな。大巧如拙！　そこを良ォ心得てな、まだお若い将軍と一緒に画事工夫を楽しめ。――どうした、如拙？　何を黙っている？　将軍が恐いか？　だが、安心せい。大軍を動かして南朝軍討伐に向う、義満将軍と、和歌を詠んだり、漢詩を作ったり、画を描いたり、美女に心を奪われて政事《まつりごと》を忘れる将軍とは別の人間じゃ。兵を催して国の政事を立てているのは、若い将軍ではなく、代々足利政権を支えて来た、御一門即ち政所の三執事家・侍所の四頭人家の諸侯なのじゃ。将軍は彼らに軍事・政事を委せる中で、文学や芸術の美に耽っている、言わば美に湛能で政事を忘れ、国を滅してしまった宋国の徽《き》宗皇帝《そうこうてい》のような、危険な、脆弱な存在なのだという意見もある。そうでございましたな、絶海殿？」

「そうでない、という意見もある。殺戮の血潮と詩歌芸能の美的感情が、親近なところが、この人物の危険な精神構造だ。存外にしたたか者だ、否、かえって英邁な将の器だ、と見る人もある。いや、我輩は九年留学の末に、洪武帝に謁して共に詩を吟ずる栄に浴したが、その時帝が仰せられたのだよ。百姓の劉邦が貴族の項羽に勝って漢王朝を立てることが出来たのは、劉邦が十万の大軍を食わせることの出来る食糧貯蔵庫、即ち窖《こう》という穴蔵をたどって進軍したからだ。農民の私、朱元璋は劉邦に倣い、窖を巡り、兵に食わせて進み、天下を奪った。お国の足利尊氏公も兵粮料所を継いで進軍し都を陥した、と聞く。今の将軍の義満公も食を大事にする優れた将の器だ、とね。いや、これには驚いたねえ。洪武帝は匪賊上りというがどうしてなかなかの人物だ。それに引換え我が義満公が、本当のところ、どれほどの人間なのか、ということは、今後の行動を見てみなければ判らぬが。——少くとも愚かな人間ではない。美女と芸術と美食の魅力に負けて、治者の自覚を忘れる、という程のうつけ者ではないなァ」

「然《しか》り、然《し》こうして、政事外交は絶海殿、軍事はこの大内義弘が義満公を支える。そして、如拙！　其方は義満公の文化を支えよ。戦争や政事にかまけることなく、また、芸術を政事に利用される事なく、平和と安定の絵画を心がけてゆけば良いのだ」

絶海は首肯し、廂の隅の葛籠《つづらこ》を指した。そこに、南宋の梁楷《りゃんかい》の「耕織図《こうしょくず》」と「琴棋《きんき》書画図《しょがず》」の画巻二図を始め、多くの宋・元画の遺品が詰っている。「これを、如拙、其方に授ける」と絶海は微笑して言った。「向後《いまより》は、これを原画本として、本格の宋・元画風の山水・人物・花鳥の製作に入れ。其方が描きたがっている撃壌の村里も、これらのどこかに隠されているぞ！」

3

永和四年（一三七八）十二月。

午後、室町の新第（「花の御所」）から、郎党《ろうとう》が招《よ》びに来た。画材道具と杉原《すいばら》（画箋）紙を揃えて参上せよ。次《つい》でに、最近工夫の精進料理（貼案《てんあん》）でもあれば持って来い、という将軍の言葉を伝えると、郎党は寺の静寂を怖れるように、そそくさと街衢《まち》の喧騒の中へ戻って行った。今、如拙が居候している寺——絶海中津の住房は、洛中殷賑の際にあるのだ。如拙は絶海の侍者である。

如拙は僧衣を脱ぎ、小袖袴に萎烏帽子《なええぼし》で画材道具を葛籠《つづらこ》に負い、画師の心掛けになって出かけた。寺の後輩の鄂隠慧奯《がくいんえかつ》が追って来て、話しながら歩いた。賑やかな通りには、食材や日用小物や衣料や履物の小商《こあきな》い店が多い。絶海門下の秀才で、将来夢窓説法の法衣《ほうえ》を嗣ぐと目されている鄂隠が、見世の品物に執着の眼を注ぐのを如拙は苦笑いながら足を急がせた。

「何か、いつもと違う画をご所望のようですね、将軍様は」

「誰かに遣《や》る、いうことさ」

「誰かって、ご正室の日野業子《ひののなりこ》様ですか？」

「いや、それはなか」

義満の正室の業子は、去年、待望の長子を産んだが、夭折してしまった。外戚になれなかった日野家は失望し、業子は病に伏ったので、義満も同情し、此頃は公家邸の娘達との交遊も慎み、業子を画室に招んで一緒に描いたりしているが、扇や画軸を遣《や》る相手は、他に幾らでもいる。例えば猿楽《さるごう》の若者だ。

如拙が絶海に連れられて、室町の新第（「花の御所」）に参上し、画と人の剛直を認められ、「道の者」に加えられてから二年経つ。その間、如拙の目に映ずる義満の心は、偏執とも言うべき美的形象への愛——唐物や絵画の美や、天が地上に下した形象に他ならない女人の美や少年美への愛着に満たされていた。

大和結崎座《ゆうざきざ》の観阿弥が、京の今熊野で猿楽能を興行した時、未だ十七歳だった義満は十一、二と見える子方の少年の舞台姿に魅せられ、以後、観世父子の外護者となり、この少年（のち藤若——世阿弥）を屢数《しばしば》将軍御所へ招び、芸を披露させ、その「美」を共に育てて来た。

「治者」の慎みを忘れ、公共の場――祇園会見物に同席させ、貴顕・公武の顰蹙を買ったこともある。武家が南北に分れ血を流して戦をしている中で――。だが、芸能者に、社寺で興業を張らせ、演者に褒美の「装束給わり」をしたり、画や扇や太刀を給わったりする行為は、将軍が地位と権勢を確認する大事な場なのだ。同様に将軍がお局（側女）衆や有力傾城《けいせい》や美男喝食《かっしき》、白拍子や曲舞々《くせまいまい》や東国諸藩の長者（富豪名主）お抱えの上臈衆に、唐物の佳品や画僧が描く禅宗絵画などを与えてしまうのを見ていても、御用画師の立場では何をすることも出来ない。が、――別に構わぬ、と如拙は居直っている。己は己の画を描くしかない。

「春屋妙葩《しゅんおくみょうは》様がお戻りになるそうですよ。管領殿と話がついた、とかで」

ふうん！　と如拙は鼻を鳴らした。春屋は夢窓の弟子（俗甥）で、絶海の先輩に当り、相国寺が出来たら住持に就くだろうと目される高僧だ。その春屋が、禅宗寺院の持つべき権限と山門（比叡山）寺門（園城寺）の権力と幕府政事の関係のあり方について、管領の細川頼之《ほそかわよりゆき》――義満が〝爺〟と慕い、政経・軍事の采配を委ねている男――と意見が合わず、丹後へ隠棲している。

それが京へ戻って来る、ということは頼之と話がついたからではなく、中に入った義満が五山制度を政事統制の機構にはしないと春屋に誓い相国寺建設を一歩進めようとしている、という話《こと》だ。始め義満は足利代々が聚めた唐物の中で学問すべく、小さな寺を画策したが、春屋妙葩や義堂周信・絶海中津ら禅の長老達が、この国の学問・修行の中心となる大寺（人心統一の要となる「相国」の寺）を、と勧めたので、今はその構想に従って大伽藍の建設に着手しているのだ。

「良ォおましたな。相国寺が出来たら、如拙殿も入らはるのでしょう。何のお役ですかな？いや、何役で入らはっても、将軍家から御用画師の扶持は貰えるんでっしゃろ。羨しい限りですわ」

「それより、あの騒ぎは何だ？」

一丁ほど先の小商い見世の並びの間に、空地があり、戸口の前に人だかりがしている。近くに富裕な土倉《とくら》の宗祐《そうゆう》という有徳者《うとくもの》の持家があり、それが炊出しをして、人々に何か振舞っているらしい。幔幕の中に大釜でもあるのか、中から笊《ざる》に握り飯を持って出て来た手代風の男に、空腹の浪人や「道の童」が集《たか》り、「おくれ！」「おくれ！」「我《わい》に寄越せ！」とぶら下る。番役の浪人者が割って入り、大声で講釈する。

「さァ、さァ、皆の衆、仲良う分け合《お》うて頂戴せいや。本日は美濃国の住人、大豆《だいず》の御料《ごりょう》のご子息、納豆太郎《なっとうた》糸重殿《ろういとしげ》の大盤振舞じゃ。甘辛いのは糸重殿、醤辛《しおから》いのは甥っ子の唐醤《からしょう》太郎・次郎殿、どちらも熱々《あつあつ》の白飯で握った極上の粮食じゃ。これ食うたら、他の飯なん食えへんで！」

別のお雇い浪人が胸を張って、群集《ぐんじゅ》する男女の前へ出る。

「そや！　これ食うて攻めたよってに、美濃勢は今度《こたび》の合戦に大勝して、今はお国へ帰る途すがらじゃ。戦が早う終り過ぎて、兵等が持参の米、味噌、納豆が剰った。糸重の殿様の本隊は、京を素通りして、何故か、そのまま美濃へお帰りだが、兵卒や輜重隊の方々は都で物を買足し、都の苞《つと》を手にして帰るでのォ。剰った米・味噌・納豆を土倉の宗祐殿が買取って新たに飯を炊き握り飯を作ったのが、これよ。つまり、この振舞は美濃の糸重勢の戦勝祝いの放出物資という訳や、さァ、皆、心して頂戴せい。それから美濃の贔屓になれ！　美濃は北朝の支えじゃ。美濃万歳！　北朝万歳！」

「握り飯万歳！　納豆太郎糸重殿万歳！」

人々は口々に飯を頬ばりながら両手を上げ叫んだ。

如拙は鄂隠が浪人者から手渡された握り飯を人波に隠れて急ぎ頬ばるのを嘲笑《わら》って見遣り、寺に帰っても、この椀飯《おうばん》（振舞）の件は朋輩に言うな、と口止めし、孤り「花の御所」へ向かった。

大豆の御料（所）の納豆太郎糸重というのは、二条良基《にじょうよしもと》の戯作と巷間に伝える「魚鳥平家」（「精進魚類物語」）の口吻だ。

良基は以前（楠木正儀《くすのきまさのり》が京に乱入し、足利義詮が奉ずる後光厳帝が近江・美濃に避難した時、一緒に）美濃に滞在したことがあり、（美濃・尾張兼帯守護の）土岐頼康の娘を妻にし、やがて帰京した。以来、良基は美濃贔屓で、美濃の特産で戦時食としても注目を集めている納豆を戯人化し、平家物語にかこつけて、武家が南北に分かれて争わねばならない現実を諷刺したものと思われる。良基はその後関白になったが、足利将軍家と厚誼で現在の将軍義満に和歌を教え、義満の紹介で義堂周信に禅を習ったりしている。また、宮廷の故実や習慣について義満に教え、公家社会に武家が入り易くしているのも、この男だ。観阿弥の子息の美貌を絶賛し、これを見出した義満の慧眼を称え、子息に「藤若」の名を与えたのも、この良基だ。この調子では良基は、南北両朝合体という義満の大仕事にも同調し、宮廷公家方の心を、納豆のように軟らかく、掻き混ぜてゆくだろう。

――それにしても何故こんな騒ぎが街衢《まち》に起るのだ?

室町の新第（「花の御所」）は、「奉公衆」の番方《ばんかた》に護られている。将軍直勤の精鋭集団である奉公衆は、畿内や中部（近江・越前・美濃、尾張等）に領地を持ち、（土岐・斯波・一色・京極らの強豪に接しながら）安全と経済を将軍に安堵され、その代りに将軍の大番頭となり、郎党・所従を引連れて京に住み、普段、将軍身辺や御所内の諸番に当る。将軍出御には徒衆《かちしゅう》、走衆《はしりしゅう》として供奉の先頭に立ち、戦時には、将軍の旗本・馬廻りとなって、最強の騎馬軍団を構成する。「洛陽の負廓《ふかく》」（京都周辺）に土地を持たない足利家を支えているのは、この奉公衆三千騎である。

如拙が厨口の木戸に近づくと、番方は顔見知りの「画師」姿の如拙を歓んで導き入れた。迎えに出て来た丈阿弥は如拙を先導し、新第の公邸（政庁）部分を離れ、私邸部分に入り、奥の書院に至る迷路の如き複雑な廊下を歩いた。

「暫くお見えになりませんでしたな。上様が戦事《いくさごと》で忙しかった、という訳で」

「そっちはどうや？　何ぞ、珍しい物の出入りでもあったかな？」

御所内の宝物蔵・画庫の鍵を預り、唐物・文物・絵画の出し入れを管理している阿弥達の特権的立場を、如拙は以前から敬遠していた。

阿弥は老練で古美術に造詣が深く、最も大事にせねばならぬ宋・元画の山水画巻を景ごとに切離して掛幅にすれば何層倍か値が上るなどと嘯《うそぶ》く連中だ。中華の宮廷の宝物蔵を預っていた宦官《かんがん》（去勢された男子の宮廷役人）達は、王朝が滅び王宮が破壊された時、蔵の宝物を持出し、売飛ばして逃げた、という。阿弥達は、僧形の時衆門徒であり、身分を超越して将軍に親勤する多芸（茶も立て自ら画も描く）な教養人だから、蔵の物を売飛ばすような胴欲さはないだろうが、作品を弄《いじ》ったり改変したりする過剰な知識能力があると大変だ。「同朋」の語源は「佞坊《ねいぼう》」（へつらい坊主）という。如拙は佞奸《ねいかん》が苦手だった。

「そう言えば、近江の六角亀寿丸《ろっかくかめじゅまる》こと満高《みつたか》様が徽宗皇帝の作だという立派な『白鷹図』を届けて来ましたよ。此度の戦で一族の京極高秀殿が戦線を放棄して勝手に近江へ帰ってしまったことのお詫びに、とね。高秀の不始末は当方が処置し、本人自らが出頭し、ご拝眉の上事情を申述べ、処罰を承ります。それまで暫くのご猶予を、と」

「将軍は美濃の土岐頼康殿と近江の京極高秀殿に対して、『追討令』を出したんやなかったか？」

「形の上ではね。だけど、そんなもの、受取っても近隣諸侯はすぐには動かない。そこで上様は、近江の守護の六角満高様を名指しで、お前が領内の凶徒京極高秀を討伐せよ、と命じようとしている。それでは敵《かな》わぬ、というので、満高様は予め将軍に恩謝を願い出て来た訳ですな」

「――で、徽宗皇帝の白鷹の図というのは？」

「佳い画ですよ。徽宗の真物《ほんもの》ではありえませんが時代はある。南宋末から元時代初期を下らないでしょうな」

「いや、何でそれが近江の六角家にあったんだ？」

「それはもう。――いったん海を越えて渡来した名画という物は、終生、あっちへ行ったり、こっちへ行ったり旅するもので。――ご存知でありましょう。如拙殿。――この何十年かの南北間の戦は、始め、楠木正儀殿を主将とする南軍が都に乱入して、京都守備の足利勢を主力とする北軍を追い立てる。足利将軍や北軍は、天皇を奉じて近江や美濃へ逃げる。近江や美濃の守護達は天皇や同行の公家方のため、頓宮（行宮）を作って、宮廷の文化生活を続けさせる。やがて、北軍が勢を盛返し、北朝支持の諸侯と連合して南軍を打破り、京都を回復する。追われた南軍は河内や和泉や紀伊や大和の本拠に返り、次の京都進攻を目指す。――そういう大芝居の繰返しだった。――そんな何度目かの近江行・美濃行の時、宮廷の方々が京へ帰還の際、文化生活を営ませて貰った御礼にと、置いて行った文物・唐物・諸道具の中に、この画はあった。つまり、もとは京都の宮廷にあった画が南北朝対立の戦のせいで、近江を経て宮廷のすぐ隣りの将軍御所、即ち花の御所に戻って来たという次第でして」

「今、その『白鷹図』はどこにある？　蔵の中か？」

「いや、将軍のお前にありますよ。ほら、ここです」

丈阿弥は書院の戸口に立ち、中へ呼びかける。

「お連れしました」


義満は押板床の三具足（花瓶・香爐・燭台）の前に立ち、低頭する如拙を見下ろした。床には大幅の「白鷹図」が掛けてある。徽宗皇帝筆という架鷹だが、阿弥の言う通り、徽宗の真作とは言えないまでも、時代はある——南宋末から元朝初期を下らない。鋭い気品に溢れた秀麗な白鷹を背にすると、義満自身が皇帝になった様に屹立して見えた。武家の棟領らしい折烏帽子に直垂《ひたたれ》小袴姿だが、二十一歳という若さに似合わぬふっくら頰の小太りの体軀は、世事の重圧を孤りで耐えている青年の不逞な自信を覗かせた。

「驚いたか、如拙？　佳い物だろう？　近江の亀寿丸が届けて来た。話は阿弥に聞いたか？」

「粗方《あらかた》は」

「うむ。そういう訳でな、我輩《わし》はこの画の風格に免じて、京極高秀の粗相を恕《ゆる》そうと思うとる」

「それは良かと存じます、近江の鯰もほっと致しまする」

義満は如拙に胡座を勧め、自分も円座を引寄せて坐り、向い合って物事を相談する面持になった。

「かくなる上は、美濃の土岐頼康も恕《ゆる》す。美濃の方がもっと良い鷹の画を持っておる、という話だ。代々、美濃の当主は自分でも画を描きおる。頼康もあれで仲々の文化人でな、連歌も作れる男だ。二条良基公の推薦だろうが、勅撰集に入集《にっしゅう》するとか、しないとか。そんな奴輩に対して『追討令』というのも詮無《せんな》い仕儀ぞ。可及的速かに『赦免使』を向けようと思うておる」

「重畳《ちょうじょう》にごわす。次は真物の徽宗の鷹が来る番でありましょう」

義満は頷き、その件はそれとして、今日、其方を招んだのは、それに関連して、二つ、画を描いて貰いたいと思うからだ。と考えを弄《まさぐ》る様子だった。

「王右軍書扇図《おうゆうぐんしょせんず》」（「山中一字図」）

「陶弘景聴松図《とうこうけいちょうしょうず》」（「山中宰相図」）

の二つが欲しい。描けたらこれらを細川頼之と楠木正儀の老御大に贈呈するのだ、という。

「画室へ移ろう。あっちの方が明るい」

義満は立って、如拙を花頭窓枠の障子から明りが射す画室へ導いた。将軍より三十歳年上の管領細川頼之と、かつて南軍の主将、今は北軍の一将として南朝攻略に加わっている楠木正儀こそ、現今京都を揺がせている騒動の源なのだ、と自分なりの見透しをつけたように言った。――もし、この二人の老大の政事、つまりは南北朝合一へ向けての妥協工作が失敗だったとすれば、話を元へ戻して、我ら共々、何か別の方策を探ってゆかねばならぬ。そのためにも、二大老には、一瞬立止って我身を振返り、今後どのように生きてゆくべきか、大きな歴史のうねりの中で考えて貰いたい、と思ってな。――

「それで、こういう画を贈る。というのも、――戦士には休息が必要だ、人生には余裕が要る、ということを、これらの画題は示しているのでな。これらは全て、如拙、其方が我輩に教えた画題だ。其方が我輩に譚《かた》った色々な人間の生き方の内だ。改めて、描いてくれ。厭とは言わせんぞ」

画室には、丈阿弥の他、禅寺でいう「墨磨り侍者」の役をこなせる阿弥がいて、揮毫の場をすっかり整えていた。如拙は持参した杉原紙を下描きに用い、阿弥が用意した美濃紙の大型画牋紙に、興の沸くまま飄々と描いて行った。ここではいつも、将軍用に磨った墨や顔料を、如拙も一緒に使わせて貰う慣わしになっている。墨は唐渡りの円筒墨。硯は歙州《きゅうじゅう》の羅（銀星文）硯で、時代は元朝以前と見える。時代物の墨が京の水に溶け新鮮に匂った。

冬暖かの花頭窓の光が、庭の常緑樹の揺らぎに連れ、画面の人物の上を移ろった。「王右軍書扇図」。王羲之は東晋の名族で、会稽内史、また右軍将軍を務めた高官だが、能書家で文雅の士と交遊があり、永和九年（三五三）春、名士を会稽隠山の蘭亭に集めて曲水の宴を張った。これを画にすれば「蘭亭曲水《らんていきょくすい》図」となるが、また別の逸話も面白い。蕺山《しゅうざん》に隠棲していた時、麓の村で老女が団扇を売っているのを見て、その表に一筆書いてやり、羲之の書だと言って売れば売れるだろう、と勧めた。老女は商品を汚されたと思い瞋《いか》っていたが、試しに売ってみると良く売れた。そこで老女がもっと書いてくれと頼みに行くと、羲之は笑って受付けなかった。この話を画にしたのが「王右軍書扇図」だ。この種の造型は新しい「漢画」の描き方を以て成る様式なので、義満はこの種の作域を大いに好んだ。如拙は描き始めると政事向の効用の事は忘れ、画家の「自由」の中で颯々《さっさつ》と描いて行った。構図には宋末から元初にかけて既に典型が成立している。如拙は、その中で、特に鋭い、洒脱な描線で描く南宋の梁楷の表現様式を摂って描いた。この種の山水人物には「世上千金易　山中一字難」と賛する物が多かったが、梁楷の超俗な画法は、「王羲之（王右軍）書扇図」を、そのまま「山中一字図」の神韻飄々の世界とするに相応しかった。

「陶弘景聴松図」。これも面白い。梁の道士で、武帝の政事にも関わった陶弘景《とうこうけい》が隠棲後、山中に楼閣を築き、廊廡《ろうぶ》の際《きわ》に松を植え、松濤を聴きながら、尚、意見を求めて来る人と政事を語り、指示を出し続けたので、山中宰相と言われた故事に基づく。それをそのまま画にした構成、つまり、陶弘景が楼の欄干《おばしま》に倚り、吹きつけてくる松濤（松籟）を聴く図である。

どちらも、南宋の末期から元時代の初期にかけ既に典型が成立し、入宋僧も入元僧も渡来僧も良くこの種の山水人物図を描き、日本にも持込んで来た。義満はこれらを如拙に描かせ細川頼之と楠木正儀の二人の「老御大」に渡し、「戦士の休息」を勧めるのだ、という。権力に携わり、戦役を担って来た老雄達がいったん戦線から身を退き、今後の生き方を考えるのは成程良い傾向に違いない。

ただ、如拙のような僧侶にして画家である身には王羲之は邪心のない里人と遊ぶ過程で己の書風を高めて行ったのであり、人々は「山中の一字」が「世上の千金」に勝ること、即ち芸術価値は社会的利得に換算できない事を知っていた。――そういう〝場〟、隠遁の村里の平安を示す画だ、という風に映る。また、陶弘景は、政事の現場を退きながら、尚、訪う人と政事を語ったが、それは権力や政経上の価値観に未練があったからではなく、山中にあって松籟を聴く生活の下《もと》では、人間同士語り合い、思考する態様は、その題材がたとえ政事や経済や軍事に関わるものであったとしても、人間の表現する音曲や造型と同じ、「人籟」と感じられる「美しい」物事であったからだ、と僧の目には映る。それはあたかも、頭上に降り注ぐ松濤（松籟）が、やがて「天籟」（天地開闢《かいびゃく》の真理――物事がこの地上に存在する意味――を伝える妙音）と聞えるようになるまで、人の心を洗い続けるかの如き潮騒の中で一黙する静かな存在者の行動だったのだ。如拙は「山中宰相」を義満の要請を無視して、「松籟」を聴く人――「天籟」の予感の中に存在する小さな大人に描いて行った。

如拙が画作にかまけている間、義満は縁に出て、阿弥が淹れる磚茶《たんちゃ》を喫《の》み、播磨の赤松家の家中が贈って来た「まむじう」（松の実入りの餡饅頭）を食った。義満は幼時、他ならない楠木正儀の京都侵入で、父義詮が近江へ帝を奉じて逃れた時、建仁寺僧の背に負われて都を脱出し、播磨の白旗城へ移り、赤松家に庇護されて、少年時代を過した。義満に山川草木と美食と「女」の味を教えたのは、赤松則祐ら豪快な地方人だった。

帰京し、父の後を襲って将軍位についてからは、管領の細川頼之の指導に従って、何度も危機を磨り抜けて来たが、その間にも美しい自然や芸能や「女」に対する志向は変わらなかった。父義詮の戦闘の匂いが滲みついた三条坊門の第を出て、この室町の新第に移った時、美しい花卉草木に対する嗜好は頂点に達した。花卉草木の美が将軍への賄賂になりうると知って、公家・権門・諸将が、こぞって自邸の美華美木を献じて来たので、今、この新第は「花の御所」と称ばれる盛況になった。

——だが。

いや、だからこそと如拙は将軍に成りかわって、その栄耀の空しさを想い遣る。この庭には、松ぼっくりがない。松濤を聴く常緑の木々がない。あるのは美しくはかない「さかゆく花」ばかりだ。

霜枯れの紅葉が、義満の茶碗と如拙の描く松籟の上へ散りかかった。

4

この年（康暦元・一三七九）は閏年で、四月十五日は夏の暑さだった。朝から街衢は囂《かまびす》しく、地方から入り込んで来た兵馬の遽《あわただ》しい動きが、何か変事が起りそうな気配を、行き交う老若に届けた。

如拙は自分の描いた画を二幅、山吹色の高価な木綿布に包んで、細川頼之邸へ赴いた。途上、小商い見世の客や、棒振商人や稚児連れの僧や、鉦叩きや連歌師や歩き巫女や田舎武士や道の童の間を縫って歩きながら、街衢がこんなに騒然となり、市街戦の不安に戦《おのの》くかの忙《せわ》しさになった理由――この一、二年の激しい政事情勢の変転を思い起していた。

この十年、将軍の心に奢侈・遊惰・紊乱《びんらん》を齎《もたら》し、社会を混乱させて来た無体の戦争は、応安二年（一三六九）の正月、先君義詮《よしあきら》の信任を得て管領職に就いた細川頼之《ほそかわよりゆき》が、前年の暮に十一歳で将軍になったばかりの足利義満に代わり、幕府の宿敵――南軍の総帥として長年北軍を悩ませて来た楠木正儀《くすのきまさのり》――の北朝への帰服を受容れたことに始まる。頼之は正儀が北軍に〝降参し〟北朝に帰服する見返りに、北朝方の幕府の一員として迎え入れ、河内・和泉の守護職を安堵するという方策を採った。そういう妥協策で南北双方に休戦気運を醸成し、南北朝和解工作を一歩進めようとしたのだった。が、この工作には弱点があった。北軍諸将の正儀に対する不信は大きく、北朝に従くというのなら、実際に南軍と闘って戦果を上げて見せよ、という反発が多くなった。正儀が北軍の一将として（その頃河内の金剛寺にいた）長慶帝を大和（吉野）に戻らせ、抵抗勢力と戦う中で金剛寺行宮を焼打したのは、こういう難しい事情を負ってのことだ。それまで仲間だった河内・和泉・紀伊の諸族（橋本・和田・越知《おち》・十市《とおち》など）を改めて敵に廻す事は正儀にも容易でなく、戦闘には消極的になり、赤坂城の楠木勢は、正儀の転向を認めない楠木党の残存勢力や南朝支持の土豪・諸族に囲まれて孤立した。正儀は北朝の官人として京都屋形を持ち「花の御所」の政庁へ赴く場合にも、暗殺を怖れ、前後を楠木党だけでなく、細川頼元の軍勢に守らせる、という（頼之の爺の差配による）念の入れようだった。北朝の諸将と行を共にすることはほとんどなく、細川一門の戦争にだけ行を共にした。

北朝の将達は、細川頼之のこの政策――楠木正儀の北朝帰順を認め、少しずつ南朝諸族を順化させ、南北両朝の交戦状態を終らせようとする政策を認めなかった。彼らは南軍と正面から戦い、勝って、北朝優位の形で和議に入りたいのだ。――例えば、と如拙は終始「将軍の身になって」成行きを見守っているのだが。――

最も明白に頼之（と将軍義満）の差配に異議を唱え、軍事発向を渋ったのは、美濃・尾張の兼帯守護で幕府侍所の重鎮だった土岐《とき》頼康《よりやす》である。

土岐氏は代々、尊氏・義詮の側に立って各地を転戦し、北軍の勇将として重きをなして来た。文和二年（一三五三）六月、楠木正儀と山名時氏らが大軍を以て京都に侵攻し、京都を守備していた足利義詮を追った事件があった。この時、義詮は後光厳帝を奉じ、当時侍所頭人だった土岐頼康を頼って、美濃国小島に逃れた。頼康は小島に頓宮を築き、後光厳帝や同行して来た宮廷の人々――歌人の二条良基ら――が、文化活動を続けられるよう計《はか》った。その上で京都奪還戦に加わり、一ヶ月後、義詮軍は京都を回復したが、頓宮はそのまま存続し、後光厳天皇は九月、（東国から戻った尊氏と）義詮に奉ぜられ、入京（帰京）したのだった。以来、南朝軍勢が京に侵入する度、土岐は北軍の猛将として迎え撃ち、幕府に勝利を齎らして来たので土岐家には、将軍はおろか、天皇を護るについても、南軍と戦うについても、北軍の主力は土岐家なのだ、と言わんばかりの自負心がある。

この頼康の自負と、長い実戦体験を踏まえた責任意識を前にすると、細川頼之の楠木正儀懐柔策は、如何にも理不尽で、長い苦闘の意味を失わせる危険な政策だ。これだと諸将こそって敵の顔が見えない戦いを強いられる事態になり南北和議への道はかえって遠のく、というのが頼康の意見だった。――そして、またまたの合戦。

楠木正儀が北朝に帰順し、朝廷・幕府の認める河内・和泉の守護職を与えられた応安二年（一三六九）以後も南国・紀伊の守護には細川家が当っていた。紀伊は建武新政以来、畠山・細川両家が守護して来た、物産豊かな国で、軍事的にも北朝方の重要な拠点である。

永和四年（一三七八）、管領細川頼之は紀伊の南軍に手を焼く守護の細川業秀を救援すべく、弟（嗣子）の頼元を主将に軍勢を発向させた。頼元は南軍の首魁橋本正督《はしもとまさすけ》を打負かしたが完全殲滅する事は出来ず、戦線を拡散させたまま、帰京した。同行した諸将が頼元の指揮に「不服従」を重ね、統制を乱した結果、勝者のない戦いとなったのだった。土岐頼康は美濃へ帰り、京極高秀は近江へ帰った。

この事態を重く見た頼之は、義満に、将軍の権限を用いて事態を収拾するよう求めた。

――すると。

義満は大胆にも、紀伊の守護を（細川業秀から）山名義理《やまなよしただ》に、和泉の守護を（楠木正儀から）

山名氏清に（全て頼之の決めた人事を矯正する形で）取替え、山名一統に守護として大国の名実を得たいなら、領内の南軍勢力を掃討してみせよ、と命じた。代々、足利の側に立って、北国や西国で南軍勢力を掃討し、その度《たび》恩賞を得て膨《ふく》れ上って来た山名一族の領土は、既に数ヶ国に及び西国で一番と言われる富強ぶりである。義満はこの山名の胴欲に賭けた。

果して山名氏清・義理の軍勢は、紀伊の奸将橋本正督を土丸城に追い詰め紀伊を制圧した。山名の起用は、若い義満に、老巧の頼之の物心両面に亘る支配を逃《のが》れ、独自の方策を以て政事・軍事を推し進めることが可能なのだ、いや、そうすべきだという「将軍の自覚」を持たせた最初の機会だった。

だが、この種の成功体験は長くは続かなかった。心中頼之に服していない諸将達は、若い将軍の軍事裁量にも、日常の政事指導にも不信感を抱いている。その事を痛感させる事態が続いて起った。

康暦元年（一三七九）正月、義満は大和の十市《とおち》遠康《ひろやす》を討たんとして軍勢発向した。管領細川頼之が画策し、諸将をこぞって派遣する形だった。河内の楠木正儀が北朝に走り、楠木庶流の和泉の和田と、紀伊の橋本が山名一党に追いつめられている現在、大和の越智・十市は仲間を失って手薄である。ここで十市を撃てば、南軍の総帥である（好戦的な親王達の抵抗精神を継ぐ）長慶天皇も支えを失って折れ、休戦の話合いに乗って来るのではないか、というのが頼之の読みだった。

だがこの時、将軍の命令を受け（実際には管領の指名で）大和へ派遣された土岐頼康・京極高秀・斯波《しば》義将《よしまさ》の三人は、さして大きくもない土豪、国人の十市を討つのに、幕軍の精鋭一千騎（土岐・斯波・京極の騎馬武者各三百余。計一千）郎党・所従・下人等を入れて総勢三千人を差向ける将軍（管領）の「道理」を認めず、憤った。

将軍義満は自ら出陣し、石清水辺に本陣を構えたが、翌日、宮廷の白馬節会《あおうまのせちえ》が催されると、それに陪席するため、京に戻ってしまった。続いて笙初めがあり、二条良基に誘われて連歌の会に出席し、普段遊び慣れている公家娘達と饗宴した。義満にしてみれば、宮廷行事に出席することも、連歌会に興ずることも今後の政経に関わる重大事であり、南朝征討の本陣には、副将の細川頼元を置いて前線を監視させているので、宮廷に予定されている日時には、抜け出してよい、というつもりだった。だが、前線へ送られた将兵には、将軍のこの指揮態様は納得できない。

また、程なく陥ちるだろうと（頼之から）聞かされて来た十市が、堅固な山城（砦）に籠って幕府軍を寒風に漂し、戦線を長引かせるのも諸将の想定外の苦しみだった。

更に、大和の長慶帝を先頭とする宮廷の人々や、楠木党の中でも正儀の北朝帰順を認めず、あくまで南朝を護り抜く気概を保つ人々が、十市救援に駆けつけ激しい攻勢を掛けて来るのに幕府軍は悩まされ後退した。全体がかつての赤坂城攻防戦の再現となり、諸将は悪戦苦闘の中で矢鱈に兵馬・弓箭を損ずる戦いに嫌気が差し、全軍に厭戦気分が広がった。諸将は中央の威令を聞かず戦線を縮小し、各々勝手に帰還する様相を見せた。以前と同じく「不服従」事態となったのだ。

義満はあわて恐れながらも、自力で立直り、対応を始めた。頼之の爺が戦は如何に難しいものか、特に終らせ方が一番難しいのだ、と若い将軍に教え躾けようとしているのだと知り、宮廷通いを止めた。義満の独走が始まった。

義満は将軍の権利を用い、独自の裁量で諸将に「召喚命令」を出した。いったん京都へ帰って来い。事情があるなら聞こう、と。細川頼之と頼元には、暫く細川邸に蟄居し、将軍からの連絡を待て、と命じた。

——が、世の中は若い将軍が考える程合理に属していない。

召喚命令を受け、土岐頼康は戦線を退いたが、将軍に参上して戦況報告をする遑《いとま》なく、京を素通りし、そのまま軍勢を率いて美濃へ帰国してしまった。続いて戦線を離れた京極高秀も、将軍には挨拶せず、軍勢ごと近江へ帰ってしまった。召喚命令に応じて帰京し、将軍に戦況報告し、正直に武将達の事情を申述べたのは、斯波義将だけだった。

斯波義将の口から、義満は、将達の「不服従」の本当の理由を聞き出した。

「土岐の不平不満については、我輩は良く解っておる」

と義満は斯波の弁明を聞かず、自分で歴史経過を確認する口調になった。土岐は、苦難のくり返しだった三十年の歴史を忘れていない。今も、土岐にとって楠木正儀は正面から戦って勝ちたい対象だ。それを北朝方へ帰順させ敵を見えなくしてしまった細川に、土岐が反発するのは当然だ。

「京極高秀も事情は似ているが、この男は将軍や管領職に就く者を押《お》し並《な》べて憎む性癖があるようだな?」

「良くお見透しです。京極高秀殿は、あの婆娑羅《ばさら》の策士の佐々木導誉《ささきどうよ》殿のご子息でして、佐々木家には、人を罠にかけ、そしり、政界から追落して自分の地位を高めようとする、悪しき伝統があります」

「然うか？　導誉の婆娑羅は、誰も信じられぬこの時代に、露悪を以て悪を制し、伊達美を以て堕落美を制する有効な政事手法だ、と春屋妙葩師や細川頼之の爺に聞かされ、そうかと思って放置して来たが」

「有効過ぎて、真面目に、公正に政事や軍事をとり行おうとする人々に迷惑をかけた男です。一番迷惑を被ったのは、楠木正儀殿と其《それがし》、斯波義将でありましょう」

「――然うだったな」

康安元年（一三六一）十二月、細川清氏と楠木正儀の大軍が京都に押寄せ占拠し、将軍足利義詮は後光厳天皇を奉じて近江に逃れるという事件があった。この時一緒に近江へ奔り、そこで帝を迎え、武佐寺に頓宮を設営したのは佐々木導誉と高秀とであった。

細川清氏はもと幕府執事で「一人で十人の敵を斃す」と言われた剛の者だが、次の権力を狙う斯波高経と佐々木導誉に「僭上あり」と讒言《ざんげん》され、下野し、各地をさ迷った後、何と南朝に転身、これまで敵だった正儀と一緒になり、京都へ攻め込んで来たのだった。

近江落去の時、導誉は邸内を豪華美麗な唐物・器物や優作書画で飾り立て、酒肴を整え、遁世者二人に、

「さぞかし名のある武将がおいでになるであろう、存分に持成《もてな》せ」

と言い置いて出た。乱入した楠木正儀勢は、その室礼《しつらい》の豪勢に度肝を抜かれ、この様な唐物・芸術の美がお前に解るか、どの位の価値のある物か知っているか、と問われた態《てい》だった。

言わば文化力を試され、人物の程を計られている、と正儀は思い、負けてはおられぬ、「解らいでか」と銀装の太刀一振《ひとふり》を遁世者に渡し、導誉殿に「お美事と伝えよ」と言い置いて立去った。

この事件は忽ち評判になり、世間はどちらが勝った戦だったのか、と取沙汰した。が、当の佐々木導誉にしてみると、その後《あと》始末で敗北を喫した、不本意な事件だった。

というのも——近江で勢を盛返した義詮は、間を置かず反撃に転じ、二十日後には、もう京都を回復し、楠木正儀と細川清氏とを京から追払った。細川清氏は四国へ没落した。この京都奪還戦の主力は斯波高経と佐々木導誉とその子高秀、導誉の女婿で近江守護の六角氏頼だった。

そこで、細川清氏なき後の幕府執事は、この氏頼であるべきだ、と導誉は考え、諸将も氏頼を推したが、義詮は導誉の精神が幕府組織内に侵透するのを恐れ、貞治元年(一三六二)斯波高経の懸命の推挙を容れ、高経の子でまだ十三歳の義将を執事とし、高経を政務補佐とした。こうして、足利の近親として汲々と権力を求めて来た斯波家は、ようよう幕府執事の地位を手に入れたが、佐々木導誉の側からすれば、折角細川清氏を追い落したのに、執事の地位を斯波家に横どりされた格好になる。

導誉は再び讒言居士になった。将軍義詮に対し、斯波高経は領国越前で、国人衆が春日社領荘園を押妨しているのを制止しようとしない悪徳守護であり、朝廷から「国賊」にされ兼ねない危険な権力亡者である、と讒言した。

義詮は導誉の意見をそのまま用いないまでも、皇領や寺社領の難事は無視できず、高経の危険性を認め、貞治五年（一三六六）八月八日深夜、突如、高経の陰謀露顕と称し、諸将にその追討を命じた。高経は翌九日朝、義将以下一族を引連れて越前に逃走、杣《そま》山城に楯籠って幕府軍と戦った。幕府が派遣した追討軍の主将は京極高秀だった。

「いや、はや。――」

と如拙は（将軍に成代り）この忙わしさを嘆く。「変幻、常なき有様」とはこれを言う。義満は斯波義将の経て来た人間関係の無惨――不信と讒言によって、お互いを抹殺し合う歴史の厳しさを知っている。細川と斯波と京極（佐々木）は、三つ巴で権力の座を奪い合い、殺し合って来たのだ。

「これではたまらぬのォ。自分の一族の他は、誰も信じられん。然《しか》し、義将《よしまさ》よ。其処許《そこもと》は、父高経の没後、赦免されて、越中守護を全うし、北国の南朝方の者共を次々平定して北朝に忠誠を示した。それ故、我ら幕府に復帰して貰い、三管領家の一員として重責を担って貰っている。それで良いのではないか？　先代までの、お互い中傷誹謗し、侮辱し合い、讒言し殺し合う歴史はもう忘れて、団結して南朝討伐に当った方が良いのではないか？」

「我らも可能なればそうしたく存じます。しかし、その団結の中心たるべき位置に細川頼之殿がおわす。――いや、お手討覚悟で、忌憚なく申述べます――が頼之殿は、先君義詮公の信任を得て管領職に就かれたお方ゆえ、義詮公の軍事、政経政策を受継いでおられる。ところで、義詮公は、楠木正儀殿が京都へ侵入の度、土岐頼康や京極高秀や山名氏清を巧みに〝使って〟戦線を回復されたお方です。あの無惨な同士討を煽り、細川・斯波・京極を三つ巴で戦わせて消耗させ、一人勝者となったのは先君義詮公です」

「何だと⁉　この何十年の途轍もない混乱と無惨な争いの仕掛人は、わが足利だったという気か⁉」

「そうではございません。足利尊氏公・直義公・義詮公が一番の戦上手だった、地上の戦は、義や理や美の実現ではなく、醜汚と悪を重ねても勝つことが肝腎だ、という確信を持った、現実的な政事家だった、と申上げているのでございます。佐々木導誉の二度目の讒言を容れ、我が父斯波高経と某義将父子を追討したのは――即ち京極高秀に追討令を発し、我らを討てと命じられたのは先君義詮公です。上様！　どうか解って頂きたい。今、我々は同じ幕閣内にあって、各々政務を分担し南朝討伐に共に従軍しておりますが、京極高秀殿は、かつて討伐軍の大将として〃某を殺しに来た〃張本人なのですぞ。そんな因縁を背負った我々が過去の対立感情を忘れ、素直に共同戦線を張って、南軍掃討の戦に向えるとお思いですか？」

「もう済んだ事だ。父義詮は楠木正儀殿の攻勢にさんざん悩まされ、苦戦しては盛返す戦を続けただけに、幕軍の戦い方については、諸将間の功名争いや競合意識を用いすぎた所はあったかも知れぬが。――その父はもう亡い。今は、将軍は我輩だ」

「なればこそ、です。頼之殿が義詮公の政策をそのまま引継いで、上様をないがしろにし、我らを勝手に動かし、徒らに人員と財力を失わせる遣り口は許されません」

「幕府には、南軍掃討の後、南北朝合一を計る、という至高目的がある。南軍という共通の敵を前にして幕府北軍は団結しようではないか。大敵の姿を見れば、人間は過去の屈辱や旧い因縁になど、こだわっておられぬものだぞ」

「そこです。まさにその点で、頼之殿の政策は、我らから団結の意志を奪っております」

「待て⁉――爺の政策の何が悪いというのだ？」

「南軍の最高の指揮官である楠木正儀殿を北朝に帰順させ、北朝の認める河内守護として幕府の一員にしてしまったことです。勿論、正儀殿は実地には河内の赤坂城に居られるのでしょうが、京に居る間は細川の護衛つきで、我々は顔を見る機会もない。つまり、頼之殿は正儀殿を、我々に見えない形で保護してしまった。戦の対象を奪ってしまった。最大の敵、一番明白な敵を隠してしまったのです」

「う、うむ。そういう見方もあるか――！」

「敵の姿が見えないと、戦は出来ません。血を流して戦う者には、誰と何のために戦うのか、という名分が要ります。大義が要ります。頼之殿は我々から、戦の大義を奪った。こういう情況では戦えません。土岐殿も、京極殿も、我ら斯波家も大義に殉じ、誇りを持って理想のために死する覚悟であります」

「そうか、解ったぞ」

義満は膝を叩いて立上った。斯波義将が将軍の怒りを慮って身を縮めている前で、白足袋を磨って黒光りのする床を歩きながら、新しい考えをたぐり出す様子だった。

「頼之の爺の、いや、我輩の考え方に間違いがあった。武士は領土を求めて〝利〟を求めて戦をするばかりかと思っていたが、そうではない。死を賭けて土地を守る者には、大義が要るのだ。人は〝利〟のために死ぬのではなく、〝義〟のために死ぬのだ。〝美〟の実現のためと言っても良い。義将、良く言ってくれた。色々と学ばせて貰ったぞ。頼之の爺には良く話し、これからどうするか、考えることとする。――そこで、一つだけ、其方ら武将達の考えを聞きたい。こういう戦の論理というものを、当の楠木正儀御大は、理解するだろうか？」

「我らは南軍と、いや、楠木正儀殿と戦うべく、運命づけられております。それだけに、正儀殿には、あの楠木正成《まさしげ》公のご三男として、立派に戦って、尊厳ある死を全うして頂きたい。そのような戦であってこそ、我らはお相手致す所存にございます」

「――で、楠木党の土地観は？」

「楠木正成公は、人間が名誉と誇りを守り、尊厳を得て生きてゆけるよう、河内守護の位置を全うし、そうすることで己も生命の根源たる土地に繋って〝自由〟を得たい、という希望を持っておられた方です。それこそ足利御一門に負けない〝一所懸命〟の謂でありましょう。正成公は楠木一族の人々が誇りと尊厳を得て生きてゆけることの保証に、己の生命を犠牲に捧げた。死ぬことで一族の自由と尊厳を守る〝死すべき領袖〟だったのです。その事蹟を思うなら、三男の正儀殿も、死して一族の自由と幸福を守る〝治者〟の覚悟を持っておられると思います。――我らは戦う限り、相手は明確な姿を持った、我らより強い死すべき大儀を持った、立派な将であって貰いたい。――その様な敵と戦い、生き、そして、いつの日か、死なんと思うております」

「良し！――ここは決断の時だ。体勢を変える」

義満はこの時、本当に細川頼之の更迭と楠木正儀の南朝への復帰を考えた。だが、正儀が北朝の一員となっている事態を俄かに覆えす事は出来ない。

「義将！　ここをどう切抜けるか。楠木正儀御大と今後どう付合ってゆくか、改めて検討する必要があるな」

将軍は翌日から行動を開始した。まず「追討令」を京極高秀・土岐頼康に対して出す。と同時に、それが近江や美濃へ着くのを追掛ける格好で「赦免使」を送り、彼らの罪を赦す、という早業をやった。同時に人を遣り、頼康と高秀に、もはや罪は問わぬから京に帰って来い、新たに武門の名誉と尊厳を守るべく、南朝攻略の作戦を立てる故、北軍の勇将の自覚を取戻してこれに加われ、と勧誘《すすめ》た。

武将達は改めて上京し、将軍に拝謁する姿勢を示した。それを見定めて、義満は斯波義将をもう一度呼び、今から近江へ行って京極高秀と、土岐頼康とを、軍勢ごと連れて来い、と命令した。

「十市討は中止だ。が、今後のためだ。土岐と京極の家来共の顔が見たい」

――そして、今日。

街衢の喧騒は昨夜来斯波義将の軍勢が、土岐頼康・京極高秀の友軍を迎えに、近江へ発進した騒動の余波なのだった。彼らは近江で合流し、三軍共々、体勢と規模を整え直し、今日中に京都へ戻って「花の御所」の将軍に拝謁する手筈である。

細川邸の書院の押板床に、頼之は如拙の持参した「王義之書扇図」(「山中一字図」)「陶弘景聴松図」(「山中宰相図」)を掛け、二つの前を往ったり来たりし、何事か考えをまさぐる態だった。後ろには、弟(嗣子)の頼元と、細川の重臣で淡路守護の氏春。書画を扱う阿弥と身辺世話の寺童の他、西の京の地蔵院——頼之が開創、名目開山は夢窓疎石で、西芳寺の「苔寺」に対し「竹の寺」と称される細川家外護の禅寺——から招ばれた僧が二人、頼之の指示を待っていた。頼元と氏春には、将軍が細川一門に自邸待機を命じたことに対する不安と不満の表情が現われているが、頼之は彼らの不安を外らすように温かく画面を見遣った。

「実に立派な画だ。我輩には勿体ない出来だぞ」

「花の御所」で、普段将軍の画事相談に預っている阿弥達に義満が命じ、豪華な金襴や緞子を縁《ふち》に使う阿弥表《あみびょう》装《そう》ではなく、地味で堅固な、山水の風格を助ける中華風の表装に仕立てられた二点は、如何にも世俗を脱し、平安な日常を得て何らかの吉報を待つ高隠の士の風情を覗わせた。頼之は、義満の「戦士の休息」の勧めを素直に受取ろうとしているが、頼元や氏春には「退隠の勧め」とも映り、二人は管領辞任勧告の下し文を届けに来た遣いでもあるかの如く、如拙に険しい目を向けた。

頼之はこれまで何事も管領の指図に従って来た若い将軍が、初めて自分の裁量で絵画作品を造り、届けて来た事態を喜んでいた。が、将軍が紀伊の南軍退治を山名にやらせる事で自信をつけ、管領細川を自邸に待機させ、その間に細川の敵で悉《ことごと》く頼之と対立して来た斯波義将と相談して土岐や京極に追討令を出し、また赦免使を下す行動に出たことは、管領の頼之としては赦し難く、また、その危険な状況が甚《いた》く老巧の心を痛めた。まだ若い将軍が勢い剰って強行した大和の十市討は諸将離脱で事実上失敗だ。その後始末をこの頼之にでなく、斯波義将に相談し、采配させ、形を付けようとしている。

――若い。若い。

斯波義将こそ、いったん執事職につき、権力の味を覚え、北国へ追放されながらしぶとく蘇り将軍の危機を救う振りをして幕閣の中枢に入り込み、現管領の細川頼之を罷免させ、自分が後釜に坐ろうとする、最大の悪人だというのに。

頼之は状況を良く把握していた。が、その若い将軍が、既に細川の〝爺〟とは袂別し、義将と組んで新しい政事体制を作る気になっていることには、気付いていなかった。細川頼之の怨敵の斯波義将が近江へ迎えに行っている限り、土岐頼康や京極高経も、ただ将軍に謝罪するために戻って来るとは思えないが、どんな形であれ、彼らはいったん将軍に拝謁し、情況を申述べる筈だ。——その時、将軍は邪悪な権力亡者達の言説に左右されることなく「この国をこれからどうする？」という正統な考慮の上に立って、御一門政事体制を前進させるだけの指導力を発揮できるだろうか？　そういう大きな視点から、この細川をどうする、と考えるだけ、大人になってくれるだろうか？——そういう心配をしている我輩に、この画は何を言いに来たのだ？

頼之は全てを考慮せねばならない老巧の心をふと放擲した顔で、改めて画面に見入った。少しの沈黙の後、頼之は如拙を振向いた。

「如拙殿、将軍は我輩にどちらかを選ばせた上で、もう一点を楠木正儀殿に遣るように、と申されたのだな？」

「然様。どちらがどちらを選ぶか、何と言うて持つか、楽しみや、と」

「正儀殿は今、京屋形に居られぬ。河内の赤坂本城へ帰っておられるのでな。其方、河内へ届けに赴くのか」

「いえ、京屋形へお届けします」

「その京屋形だが、不穏な噂もある。未だに、正儀殿を京に侵入した南軍の総帥としか思えぬ輩が多くてな。京に居坐った南軍を追払って河内や紀伊や和泉へ帰らせ、京都を回復するのが北軍の伝統だと言うてな、楠木の京屋形を破壊する、或《あるい》は焼打する、という奴輩もおる。其方も巻き込まれぬよう、充分注意をしてくれ。いや、細川は今、正儀殿の周辺をしっかり護っているのでな、奴等に手出しはさせんが。——然て、それはそれとしてな、先にこの我輩が持つにふさわしい絵画を選ぶ、とすると、——『山中一字図』の方が良いな」

「と、申されますと?」

「いや、我輩は別に『山中宰相図』が嫌だ、というのではない。山中にあって松濤を聞きつゝ、尚、政事向きの相談に預る境地は尊敬に値するが、我輩には真似の出来ぬ芸当での。否、そもそも、禅坊主のいう隠遁の理想、即ち、帰田の志という風なものが、我輩に果せるかどうか。と、まァ、色々考える所での。つまりは、一点を取れ、というのなら、この王羲之の方を貰っておく。将軍にそう伝えてくれ」

「承りました。そのように申し伝えます」

「『山中宰相図』は、楠木正儀殿に差上げてくれ。あのお方《かた》の方が、余程、山中宰相に相応《ふさわ》しい」

頼元と氏春は、忙中に挿入された厄介事が片付いた風に、ほっと肩を撫で下ろした。山中一字も山中宰相も結構だが、今は細川家にとって管領の地位を失う危険に曝されている大事な時だ。紀伊の守護の細川業秀は頼元の援軍に救けられ、いったん南軍諸勢力を打負かしたつもりだったのが、またそれら諸族が猖獗を極め、結局淡路へ追返されてしまった。細川が失敗し撤退した後を山名が埋め合せに行き、今度は南軍掃討に成功している、という格好だ。これでは幕府内で細川の地位は低くなるばかりだ。

だが、頼之は平然としている。二幅の画を見直して、どっちも高隠の人だが、どちらかと言えば我輩は、芸術が金銭に勝る事に無頓着な村里の姥達と遊ぶ王右軍将軍の「山中一字」を採る、と自らに確かめる口調で言った。

室町の新第（「花の御所」）から、番衆の一人が使者に立ち、邸へ走り込んだ。家宰はそれを廂に上げ書院入口の障子の外へ導き、直接言上させた。使者は中に僧侶や阿弥衆がいるのを直感した。

「申し上げます。――宜しいので？」

頼之は急ぎ足で障子の向うの使者の立膝の影に近寄った。

「構わぬ。申せ」

「斯波義将殿、土岐頼康殿、京極高秀殿の軍勢近江に集結。三軍編成終え、騎馬武者二千、所従三千、輜重荷駄隊三千。総計八千にて京へ向け、発進致しました！」

「何だと⁉」

斯波義将は「追討令」に次ぐ「赦免使」への答礼として、また幕府軍再編成のための顔見せとして、少数の精鋭を組織して来るのではなかったのか？　土岐も京極も、只謝罪に上京して来るとは思えないが、それにしても、八千とは多過ぎる。八千の軍勢とは、明らかに戦闘を目指す物だ。

「兄上、ご決断を！」

頼元は兄頼之の対面に正座し、膝に置いた拳《こぶし》を握った。氏春も低頭して指示を待った。

「これは叛乱です。斯波殿は、将軍を裏切って大軍勢を都へ向けております。目標はこの細川邸と楠木正儀殿の京屋形でありましょう。彼らはこの二大勢力を京から追い払い、元の南北対立の明確な形に戻した後、北朝優位の体勢で南北講話の交渉に入ろうとしております」

「受けて立ちましょう」

氏春は勇み口調で言った。「彼らが戦を仕掛けてくるというのなら、我らは面目にかけても受けざるを得ません」

「ああ、待て、待て」

頼之は二人の交戦意欲と過激な状況判断を糺した。「そう、早まるでない。彼らが戦を起すという心配はない。我輩《わし》は他にもあちこち物見や諜者を放って様子を探っているのでな、彼らが仲間内での戦争を望んでいる訳ではないことは、あらかじめ判っているのだ」

「では、何故に実戦装備の大軍を？」

「それは判らぬ。が、もうすぐ彼らがどこへ鉾先を向けるか、入京してどこへ向うかを見れば判る」

「ですが、兄上、事は急を要します。近江と室町御所との間は、早馬の駅伝で繋っております故、坂本辺の様子は一刻（二時間）もあれば伝わります。その後の動向も逐一判ります。が然し、そんなことを言っている間に、当の八千の軍勢が騎馬隊を先頭に、ぞくぞくと粟田口に現われますぞ」

「然うだな。其処許らの言い分にも一理ある。彼らにしてみれば、成程、楠木の京屋形は格好の標的だ。戦は起らぬが、万が一、彼らが武家の自覚を棄てて悪党化し、楠木屋形に押し寄せ正儀殿の退去を要求して、建物を毀損《こわ》したり焼打ちしたりすると事は重大だ。正儀殿は今、河内赤坂城に帰っているが、屋形の者も全員、今の内に河内へ引上げるよう、遣いを出して勧めて来い。唐物・文物は持去れ。一点も残すな、となﾟ」

「我ら細川の援護は、もう要らぬので？」

頼元は不意に変化した兄頼之の楠木対策を訝った。これまでずっと支援して来た「北朝（軍）の楠木」を、また南朝へ帰服させるかのような冷い仕打だ。ただ逃げよ、文化財を持って河内に帰れ、とは。だが頼之は冷静な対処を続けた。

「其処許らは、いつ、どこで、何が起っても良いだけの準備をしておけ、其方ら、すぐに家中に告《ふ》れ、いつでも出動できる体勢をとれ。合戦はあり得ぬ。いや、街衢中の戦は起さぬようにするが、ただ、軍勢の出動はありうるでな」

頼元と氏春は、黒光りのする床《ゆか》板を蹴って立上った。そして、書院を跳《と》び出し、渡廊を走って行った。

頼之はそれを微笑して見送った。その後に僧が三人と阿弥と喝食寺童が残ったのを見渡し
「この間《かん》にやることがあってのォ」と、かねてからそのつもりであった、という表情で、どっかり坐り直した。

「我輩は、今から出家する」――

「善哉大丈夫《ぜんさいだいじょうぶ》、能了世無常《のうりょうぜむじょう》、棄俗趣泥洹《きぞくしゅでいこう》、希有難思議《けうなんしぎ》」
如拙は戒師を勤める地蔵院の和尚の剃髪偈文《げもん》に唱和した。〈善き哉《かな》機根を備えた人よ。能く世の無常を解し、俗世の煩悩惑業を棄て、思慮分別の及ばぬ世界に在らんとする希有の人よ〉
和尚は用意の剃刀で、ず！ず！　と豪快に、剃下ろす。頼之は両手に厚紙を拡げ胸前に出し、自分の髪が落ちて来るのを受けつゝ、神妙に宙を見ている。傍で、もう一人の僧が角盥に水を張り、箱に砥石と曝布を並べ、和尚の粗末な剃刀が権力者の頭皮を時々傷付けるのに備えていた。剃髪の前に和尚が頼之の頭頂に灌頂したが、その水を湛えた瓶鉢を奉持したままの寺童は、押板床の二幅の画の側に退き、驚きの目で、剃髪が手際良く進むのを見遣っていた。二人の阿弥は障子の際に身を寄せ、この突然の出家劇が外界の常識や通常の秩序感覚によって中断される事がないよう、見張っている様子だった。
「流転三界中《るてんさんがいちゅう》、恩愛不能捨《おんないふのうしゃ》、棄恩入無為《きおんにゅうむい》、直是報恩者《じぜほうおん》」〈三界流転の恩愛を断ち、無為自然の真道に入り、真の報恩を行ぜよ〉
剃髪が終った。僧達は用具を片付け頼之の剃り上げた頭を漂布で洗ってやり、これもあらかじめ言われて用意してあった墨染の衣（染衣）を持出した。讃偈。灌頂。剃髪。染衣。あとは受戒の法話あるのみだ。頼之は武家の常用に着用していた直垂を脱ぎ、墨染の僧衣に自ら腕を通し、手を頭の鉢に持ってゆき、つるり、と撫でた。

「うおっほっ！　これで、我輩は完全に入道じゃ！」

二人目の使者が細川邸へ走り込んだ。頼之自身が将軍邸警備の奉公衆（番衆）軍団に紛れ込ませていた間諜役の若者で、家宰は先刻と同様これを廂に上げ、二人して廊を伝って書院の戸口の障子の際に立膝した。

「申し上げます」

「何だ？」

「斯波義将殿、土岐頼康殿、京極高秀殿の三軍、八千、粟田口を通過、只今、『花の御所』を包囲致しました」

「何、包囲した⁉」

頼之は一瞬、虚を突かれた格好で佇立した。大軍が「花の御所」を包囲した⁉　思ってみなかった事態だ。彼らは当然、周辺に待機し、顔見世に必要な諸侯と重臣だけが御所に入り、将軍に拝謁する手筈ではなかったか？

「奉公の番衆は何と⁉」

「三軍の先鋒と睨み合いながら、お互い衝突する気配はありません。いや、手出し無用、と将軍様から言われておりまして」

「将軍はご無事か？」

「一向、動揺のご気配なく、私邸の方々に冷静を呼びかけ、奥向のお局衆・仕女方・雑仕方を厩座敷に集められ馬匹共々、郎党に守らせており花の御所の私邸は無事であります」

「公邸の方は？」

「将軍とご近習二人だけが、斯波殿、土岐殿、京極殿に附添われて公邸の政庁の会所へ移られました！」

「今日は、誰が出仕している？」

「恐れながら――会所には、畠山基国殿、赤松義則殿、一色詮範《いっしきあきのり》殿があらかじめ何かを知らされていた様子で集っており、諸侯お揃いにて、会議に――評定に入られた模様であります」

「――う、う、む。然うか！」

頼之は全てを了解した。剃り立ての頭をごしごし掻いた。「してやられたな！」恐れていた事態がとうとうやって来た。若い将軍は老獪《ろうかい》の斯波義将と共謀して、ひと芝居演《う》っているのだ。それは、八千の大軍が、どこの誰を討つこともせず、他ならない将軍を「花の御所」に囲み、威嚇して政庁に連れ出し「吊《つる》し上げ」状態で諸将合議し、将軍にある重大な決心をさせるという大芝居だ。その重大決心とは——この十余年、南朝征討が滞り、南北和解の談合も進まなくなった為体《ていたらく》の責めを、一切細川管領家の失政に帰し、細川が悪かったのだ、ということにして将軍も諸将も逃げを打ち、政局を刷新して幕府権力を強化すれば、御一門政事の体制は護られる。将軍は頼之の〝爺〟を斬るのが辛いので、こういう芝居を演って、諸将の恫喝に合い、止むなくこういう指令を出すが、爺よ許せ、という格好をつけたのだ。諸将慣合いで幕府御一門、安泰のためとあらば御一同の評決に従いまする、と言って逃げる気だ。——もうすぐ将軍から処分の申渡しがくるだろう。管領職を辞任し、下野せよ。領国の讃岐に帰り、故郷の南軍勢力と戦い、四国を掃討して北朝・幕府の南北和合政策の一環となれ、と。つまり、我輩は〝失脚〟だ。間違いない。大軍の威嚇の中での芝居のそれが結論だ。——要するに、これは叛乱だ。斯波義将は、無血で政権交替を成しとげ、次の管領に就任するのだ。

頼之はゆっくり墨染の衣を脱ぎ、武将の直垂を着直《なお》した。剃り上げた頭に烏帽子を被り直すと、既に出家した積りの心に、また俗世の「治者」の自覚が戻った。床の「王羲之書扇図」（山中一字図）と「陶弘景聴松図」（「山中宰相図」）をつくづくと見遣った後、頼之は部屋の真《まん》中《なか》の黒光りの床《ゆか》にどっかと坐り、囲りの出家と阿弥と寺童を見廻した。

「我輩は今から讃岐の守護となる。細川一門こぞって四国へ落去する。其方ら、家人・所従は全員、暇を取らせる。かような仕儀もあるやと思い、あらかじめ其方らに餞別を用意してあってのォ。何ぞ優雅な品をと思うたが田舎者故、佳い物が思い当らん」

頼之が合図すると「竹の寺」の僧達が衝立の奥から、竹の葛籠を引出し、頼之の膝脇へ押付けた。頼之は中から綺麗な紅の紙捻《こより》（観世縒《かんぜより》）で口を綴じた条白の小袋を抓《つま》み上げ、ぽい、と寺童の正座の膝前へ投げた。

「そこでな、これで我慢せい」

ずし！　と重い音がし、中が砂金である由を告げた。寺童と阿弥とは、驚きを隠さず床に手を突き、平身低頭し眼を丸くして顔を見合った。過分な報賞だ。今からはどこか他家へ出仕し「幸福」になれ、という通告か？

「我輩は〝山中一字〟を採ったが、この現世での立場は〝世上千金〟の口だ。これしか出来ん人間だ。かまわず、取っておけ」

それから頼之は阿弥達に揮毫の準備をせよ、と命じた。阿弥達は白鼠の如くに背を丸め、小走りに衝立の奥へ走り込み、墨硯筆と大型の美濃紙（純白・厚手の奉書用紙）を持出し床に展げた。「竹の寺」の僧が、持参の白磁の水滴から硯に水を注ぎ、墨を磨った。

「如拙殿《どん》、頼みがある」

頼之は烏帽子を取り、正座して美濃紙の紙面に向合った。

如拙は黙って、紙面に筆を向ける頼之を見た。

「この書を、将軍に届けて貰いたいのだが」

如拙は微笑って頷いた。「――承知しております」

頼之の書というのは、詩（偈文）の意味だ。当然、都から追放され領国へ帰る「治者」の心境を書し、まず細川の家中に示し、諸将に示し、将軍に示したいのだ。が、それは政事の不正によって左遷される慷慨の士の悲憤の詩ではない。長年の労苦が失敗だったことを嘆じる無念の書でもない。むしろ権力の座を敢えて放擲し、安住の地を見出した高隠の士の「山中一字」なのではないか、と如拙には思われた。

頼之は禅僧の磨る墨をたっぷり筆に吸わせた。あらかじめ心に浮んでいた文句なのだろう。書き姿は無心で大きく、筆はそれこそ王羲之の指図に乗る如く、滑らかに颯爽と進んだ。僧達も、阿弥達も、寺童も、息をこらして墨線の快よい進展に見入った。

人生五十愧無功　　人生五十　功なきを愧《は》ず
花木過春夏既中　　花木春過ぎ　夏既に中《なかば》なり
満室蒼蠅悉難掃　　満室の蒼蠅《そうよう》（蒼蠅《あおばえ》＝うるさい奴輩）悉く掃し難し
去尋禅榻臥清風　　去って禅榻《ぜんとう》（坐禅の牀席）を尋ね　清風に臥さん

成程。と如拙はその詩（偈）の素直な心境告白を認めた。長いこと権力の座にあったこの男が、真に敵として戦っていたのは、地上の敵軍や権力闘争の敵手ではなく、人生の生甲斐を求め、功を求める自分自身の存在だったのではないか。真の敵は、心中を過ぎてゆく〝時〟そのものだったのではないか。この男が後見して来た義満という青年の「人生」にも、「時」の観念という、最大の敵が訪れる季節ではないか、という気がする。

障子を激しくこじ開けて、頼元と氏春が騎け込んで来た。将軍直下の奉公衆の遣いが母屋廂の玄関に来ている。将軍は諸将集めての評定の結果を受け、ついに頼之に讃岐下向を命ずる「御教書《みぎょうしょ》」を発した。遣いはその御教書の包状を持って「お達し」に来たのだ。頼之は受けざるを得ない。恭しく受取るべく、書院を出て母屋の会見の間へ立った。

「事情は解っているな？」

頼之はあたふたと従いて来る頼元と氏春に聞いた。二人共、目まぐるしく変わる事態をよく理解し、対応できるよう、家中、全軍をまとめ上げていた。いつでも、出動できるという。

「将軍の使者を丁重に送り返した後は、速やかに発向致しましょう」と頼元は言った。氏春も同意だった。

「斯波・土岐・京極の三軍が、室町御所の包囲を解き、間もなく、この細川邸へ圧し寄せて参ります。そうなる前に！」

頼之は書院を振返り、僧達と黒光りの床に浮び上る自らの詩偈と、「山中一字」「山中宰相」の二図を見た。阿弥があわてて「山中一字図」を下ろし巻戻して紐をかけ、頼之に渡した。頼之は「あとは頼む」と言い渡し、話を今に戻した。

「あわてる事はない。斯波は将軍の通達を我らが守るかどうか、見に来るだけだ。が然し、其方らの言う通りだ。彼奴らがこの細川邸へ到達する前に、我らは速かに出発する。頼元！　氏春！　指揮をとれ！」

「兄上！」

「嘆くでない！　一時の事だ。我らは必ず都へ戻って来るのだ」

「では、まず兵庫の津へ！　兵船を待たせております。そこから、淡路を経て、四国へ！」

「そうだ、いざ！　故郷《くに》へ帰ろうぞ！」

　書院を出た僧達・阿弥達は、母屋廂の通用門の木戸脇で、細川軍の迅速な退去の様を見守った。邸は厩・馬場を備えた方一町もある大屋形で、騎馬武者三百騎に所従・郎党・雑仕、合わせて一千人が暮す一つの街衢である。合戦となると、国元から大軍勢が駆けつけ、総勢一万を越えるのが、三管四職家の常である。細川邸は、紀伊の南軍討伐に事実上の敗戦を喫し、業秀が淡路へ帰るなど、畿内・京都周辺での駐在兵員が少く、細川本邸の軍団は三百騎にすぎない。だが、これに所従郎党を加え、輜重兵が伴って集結すると、さすがに壮観だった。彼らは馬場に勢揃いし、街衢を廻って屋形の正面に現われた。

　如拙は阿弥や僧や雑仕達に混って、騎馬武者隊の先頭に立つ頼之がさっと「出発」の手を振るのを見遣った。騎馬隊の足は速く、轟々と砂塵を捲いて、瞬く間に大路の彼方へ消えて行った。

細川頼之が四国へ下向した後、義満は新管領の斯波義将と南征の戦を続け、また、頼之追放劇の主役だった京極・土岐の誅伐にも入っていたが、戦闘が激しくなるほど、公家並の女性憧憬が甚しくなった。前大納言三条公忠の娘厳子《いつこ》の婉容を愛し、関係を持った。それを知らない後円融帝が同じく厳子の美貌に魅かれ、正室に迎えた。が、その後、義満との関係が露顕し、帝は逆上して厳子に重傷を負わせる、という事件が起った。帝は厳子をいったん三条家へ去らせた後、愛妾の按察《あぜち》の局の妖艶に救いを求めたが、その按察局もまたもとから義満と通じていたことが判り、帝は狂乱し、公家の娘を武家にとりもつ二条良基や万里小路嗣房を誅伐すると言い出した。これを止めに義満が宮廷に走ると、帝は両肌脱いで太刀の鞘を払い、自刃の構えだった。結局、御生母の崇賢門院が駈けつけ、「治天の大君」には人間の喜怒哀楽に身を委ねる自由がないことを説いて騒動は収まった。

騒動の最中に生れた後小松帝が、後円融帝の譲りを受け、幼少で即位し、宮廷の中心となった。帝の譲位に連れ、義満は院の別当となり、左大臣、准三后の位を得て、「諸下の崇敬君臣の如し」と言われるようになった。源氏の長者に任ぜられ、武家社会を取仕切ると共に、相国寺を発足させ、名目開山を夢窓疎石、二世を春屋妙葩とし、鹿苑院を建てて絶海中津を院主とした。

5

西大路を過ぎ、双ヶ丘《ならびがおか》にかかると、雑木林の中に古墳が点在する村里になった。道が周山街道と交る辻に、市が立っている。土倉《とくら》の宗祐《そうゆう》の荷馬車は、市の外れの大きな倉屋敷へ届け物の荷を下ろし、新しい荷を積んで北へ道をとり、東国へ向う。陪乗して来た如拙は手代に礼を言い、荷駄運びの人足達より一足早く、地面に跳び降りた。草萌えの匂いが鼻を突き、ここがもう蕨野の奥の闕所（番外地）である事を知らせた。如拙の足は勇んでいる。

この館は、もとは南軍の総帥だった楠木正儀が、応安二年（一三六九）管領細川頼之の説得に折れ、北朝に帰順し、以後幕府（北軍）と行を共にした十余年の間、営まれた楠木党の居館である。細川頼之が領国の四国に去った後は正儀は諸将と軋轢を生じ、軍事を遂行できず、結局、永徳二年（一三八二）再び南朝に帰参し、在京の兵を国元の河内の赤坂城へ引上げた。

南朝に復帰した楠木正儀は意外な事に、南朝方の人々から、還って来た首領として歓迎される事なく、逆に、二度裏切った男として、反撥と憎悪の対象になった。北朝の側も、正儀の再度の変節を許さず、将軍義満も、正儀を「犠牲の勇将」「正成の三男の死すべき首魁」「歴史の不合理を心得た男」と見做さず、幕府の信を裏切った叛将として、当然の如く「追討令」を出した。それも、傑れた将と戦いたいという斯波・土岐・京極らでなく、欲に駆られ河内の守護職を狙う山名氏清を行かせたのだ。氏清は喜々として老巧の正儀を攻めた。正儀は赤坂城を落ち、河内平尾で戦って敗死した、と伝えるが消息は定かでない。生きて身を窶《やつ》し、牢人となって荒野をさ迷い続けている、という風聞もある。――

楠木の館は幕府が接収し、新しい主に大内義弘を当て、所従・雑仕・施設もそのまま引継がせた。義弘は商館を拡充し、娼館を兼ねさせ、京都での活動の拠点とした。足利御一門政体にあって外様意識の強い大内家は、貿易立国を目指し、堺湊に根拠地を定め、京には小屋形を置くだけだったが、この新館を得て京への進出の足掛りを得た。

如拙が人足達の麻袋や行李の荷物を仕分けする間を縫って厨口へ行くと、この大屋敷の手代頭らしい鯰髭の家司《けいし》が出て来て、萎烏帽子《なええぼし》袖袴に振分け荷を負った如拙の（漢画）画師姿を見下《おろ》し「お主が、北朝差回しの画師殿か？」と正体を伺うように問うた。如拙が頷くと、

「上れ」と顎をしゃくり、草鞋を脱ぐ如拙の背後から「ここは大内家の京屋形だが、賄い料所でもある。奥には絵屋も段物屋も、紅・白粉の遊女屋もある大屋形だ。唐物も軸物も商売ゆえ、色々な物が混じるが、説教坊主とて、あまりきつい話《こと》ばかりは言わぬことだな」と嘲笑いを懸けた。如拙は黙って従った。家司は如拙を先導し、大板間の奥の一遇にある杉戸を開け工房に着くと、後はこの絵屋の主に従え、と言い置いて戻って行った。

中は数人の（大和絵）絵師が並んで胡座し、机に顔料皿を並べ制作中だった。焙烙鍋の膠も、国産の硯の墨も新鮮に匂い、絵が良く売れる繁盛な工房である事を示した。

明り障子の外は、庭を隔てた別棟の歌舞の稽古場らしく、笛と鼓の曲舞《くせまい》風の節に乗せた今様歌の唱声が届く。曲舞々や白拍子を上げているのだ。

〽嵯峨野の興宴は
鵜舟筏師流れ紅葉
山蔭《やまかげ》響かず箏《しょう》の琴
浄土の遊びに異ならず

画室の奥の一人が杉原（画牋）紙から、微笑の目を上げ、絵筆を青花磁の筆置きに置き、立って如拙の前に来た。見直すと今どき珍しい女絵師で、この絵屋の主であるらしい。四十歳前後かと見えるが、未だ充分美しかった。

如拙の前に来て立膝した女の、蘇芳地に段替りの雪輪を散らし、草花模様を染め抜いた小袖の、仕事をし易いよう、袖を細く身幅を広く仕立てた甲斐甲斐しさに、男まさりの驕慢が現われている、と思った途端、如拙の心に思い当る節が生じ、確かな感情が蘇った。

「お久しぶりでごわす」

如拙は自分から先に声をかけた。

女絵師は板廊伝いに、如拙を画榜の裏手へ導いた。そこはこの屋形の荷物の集散所で、つづらや長持や木箱・俵・菰《こも》荷の間を手代達が忙しく立働いている。

「縁であったのォ。こうして逢うことが出来たのも天のお導きじゃ。我らに絵という物がある限り、いつかは逢うて絵合せをせよという天の思し召しであろう」

如拙は頷いた。縁というか因果の巡り合せはあるものだ。二十年近く前、九州の生家で逢い、お互い京へ出て絵師になったら、必ず絵合せをしようと約束した、あの娘――九州南朝の行宮に育った、楠木党の遊女の血を引く女絵師——世は目まぐるしく変わったが、娘の艶美は今も変わらない。
別棟の歌舞の稽古場から、まだ生々《ういうい》しい娘達が今様の法文歌《ほうもんか》を唱う声が、響き続けている。

〽釈迦の御法《みのり》のそのかみは
さまざま見知らぬ人ぞある
地より湧きつる菩薩たち
みなこれ黄金の色なりき

自分も遊女の舟遊びに変わらぬ危うい世を渡って来た。今も遊びを大事に、この館の女将を務めている。これらの荷の中には、諸国の大名や大家に、京下りの上臈として派遣される高級遊女達の紅・白粉や調度、都の苞《つと》の「絵」を入れた葛籠《つづらこ》も含まれる。妾は今、〝道の童〟上りの美少女らに芸を仕込んだ上、都の苞《つと》の絵暦などを持たせて送り出す『仕込屋』でな、絵屋の主と置屋の主を兼ねた遣り手の大年増なのだよ、と女絵師は悪所の女将になり切って言った。

「ずうっと、大内家に仕えて来なはったとですか？」

「いや、以前は楠木正儀殿のこの京館にいたが、正儀殿の南帰後は大内義弘様に拾われて、ここで新しく生きのびたのよ」

大宰府の行宮を出て、南朝宮廷に戻った女絵師は、そのまま本宮に残り絵を描き、また南朝に聚った唐物・絵画の整理に当ったが、やがて宮廷に遑《いとま》を乞い、京に出た。折しも楠木正儀が北朝帰順を許され、京に屋形を持った頃だった。南朝の長慶帝や好戦派の人々は正儀の変節を許さなかったが、南朝宮廷の公家・高官の中には、南北はもう争いを止め、和平合一した方が良い、と考える人々もあり、正儀が敢えて北朝に帰順し、京に屋形を構える事を肯定する向も少くなかった。そういう人々が、女絵師を楠木の京館の典侍（侍女頭）に推し、内部で絵屋と芸能の仕込屋になるよう企った。正儀は喜び、女絵師を商館の女将として重宝した。

「有難い仕儀であった。けれども、楠木館での生活は苦難の連続でもあったなァ」

「と、申されると？」

「有様《ありよう》は猿楽《さるごう》の結崎座《ゆうざきざ》の人達の苦労と似ていたわ」

「それはどげな話《こと》で？」

「忘れたか？　妾は南朝宮廷に仕えていた絵師の娘だ、というだけではない。楠木党の血を引く遊女の娘だ。楠木の女が生きるための色好みの心が絵づくりの蕊にある。――正儀殿もそれを知って妾を可愛がってくれた訳じゃ。ところで、大和結崎座の観阿殿は、大和の国の猿楽太夫家のご養子というが、そのお父上の正妻、即ち観阿殿の母親は、かの楠木正成公の妹御の一人でな。つまり、観阿殿と正成公の三男である正儀公とは従兄弟《いとこ》同士なのじゃ！この危険を知らぬ人はあるまい。其方、知らなんだか？」

「いや、知っちょりますが、知らぬふりをして来よっとです」

「そうよな。皆がそうして気を遣っている。この館ができて我らが住むことになってからも、結崎座の人々は楠木党や大和・河内の南朝関係者とは逢わぬようにしていたが、それでも何かにつけ、南朝方の間諜・細作と連絡があるであろうという疑いをかけられ、苦労をした。我らも同じ苦労だった」

一番危なかったのは、管領の細川武州頼之殿が幕府重鎮に追われて四国へ退去した時だった。細川の援護を失って正儀殿は京都に居ずらくなった。南朝へ復帰するしかないか、という危い決断を強いられている時に、其方、将軍の遣いで、画を持って来たんだったなァ。あの時、妾は奥にいて其方に声かけようとしたが、遠慮したのじゃ。取込中の、危い時期だからな。

「真っ事に気の利かぬ遣いで、ご無礼を致しました。で、画は？」

「見た見た。『山中宰相図』は楽しかったぞ。依頼の筋に拘わらず、漢画本来の山水人物の超俗気分を良う出していたな。もっとも、ああまで真っ向から奥処《おうしょ》に入り込まれたのでは将軍には解るまい。頼之殿や正儀殿は年巧者ゆえ、少しは松籟を聞く境地に至っているのかも知れぬが。——安心せい。画は正儀殿が喜んで河内の本城へ持って行ったでな」

「その後、赤坂城を落ちられた時には——？」

「そうよな。将軍は山名氏清を差し向けたよって、その後、画がどうなったかは知らぬ。将軍からでも其方からでも、直《じか》に山名に聞いて見るがよい。ところで、その将軍が今日、其方をここへ寄越した本当の理由は何なのだ？　将軍のお達しでは、画描きを遣るから、この工房で得意とする蓮池水禽図や蓮鷺藻魚図、美人瓢箪型花瓶図など、大幅の大和絵の描き方を教えてやってくれ、とのことだ。その上、宋・元の原典があったら写し取らせてくれと言うのだが、其方、本当に画を描きに来たのか？」

「お達しの通りです、将軍も、某も、その手のものはあまり持っておりませんので」

「何故、将軍は蓮の画に興味を持つのだ？」

「それは、その、――蓮池は兵粮料所と心得られますよって。――大内様が楠木殿から受継がれた特殊技能の中に、有事兵粮の生産技術いうものがありまっしょう。飢饉や流行病《はやりやまい》で洛中に食糧が不足した時、或いは京都在住の公家・武家を含めて、大災難事となった時、保存・携帯に便利な干肉料理の工夫は、将軍が知りたい技巧の一つでして」

「ふうん。――つまりは、鱠料理の礼讃か？」

「礼讃ではごわさん。必要の件でごわす。実は近江の京極家がそれをやっとりまして、鱠や駄魚の肉を活用して、蒲鉾ちう物を造り、何日もの行軍兵士の生命を支えることができるようになっております。将軍がいたく気にしましてな。近江に負けるな、寺でも鱠の串焼や鱠汁を勘案せい、と仰せあるのです」

「ああ、そうか。解った。京都有事、一国の大事の兵粮料所とあっては、蓮池も鱠も出世したものだが、それで将軍が蓮池の画を欲しがるというのなら、蓮池水禽図も、蓮鷺藻魚図も描きたいだけ描いてゆくが良い。ところで、美人に瓢箪型花瓶という画題が入っているが、将軍は何故、美人や室礼や容れ物まで学ばせようとするのかな？」

「判りませぬ。将軍はもともと、蓮と美人と鱠と瓢箪に興味がおありのようで」

「何故、瓢箪と鱠なのだ？」

「いや、それが、――某もまた、将軍から、瓢棚《ふくべだな》の下で鯰を食う京女を描け、と言われて苦心しているばかりで」

「ほォ。――何か謂れがありそうな話だな。其方、本当に思い当る節はないのか？」

「それは――」

たちまち如拙はこの何年か、将軍の画事の相手をする中で被って来た数々の激しい感情の記憶に突き戻される。それは、常にどこか滑稽な、子供めいた純粋な、粗野な感情を含むものだったが、清浄な山水人物の空間の幻想を伴う世界でもあった。――例えば。


ある年、南征の戦で紀州や和泉に「道の童」（戦災孤児）が生じ、畿内・西国の米不作とぶつかって老若が京都に流入し、京中に糧米が払底した時、土倉《とくら》の宗祐《そうゆう》が、魚問屋の清兵衛と語らい、加茂川の鯰を漁り、蒸して干し、ほぐし身を粥にし、飢民だけではなく街衢の人々に施して生命を救ったことがある。後で、それは土倉お雇いの浪人衆が、河原の童部《わらんべ》を集め、蛙で釣らせた鯰だったと判り、女達は悪心《おしん》に罹《か》られたが、生命と引換えの忍辱《にんにく》と思えば、些かに酸味の残るその旨汁も、この世で一度、地蔵菩薩が施してくれた慈味であったか、と思い直された。

義満はこの鯰振舞を殊の他賞嘆した。将軍や管領家が対策すべき所を、街衢の有徳者が替わって対応してくれた。これは大いに称讃に価する事柄である、と。

義満は何より、鯰を食うて生延びた女達の不貞ぶてしさを愛した。――京の女は良い。夕顔の瓢《ふくべ》の下で鯰食う。瓢箪に鯰か。芽出たいぞ。

「如拙。これを画にせい」

鯰は有効だ、干肉は固いが蒸せば軟らかく、旨い。武家も公家も街衢の者も、等しく口に出来る鯎《あかうお》（石斑魚《うぐい》）や鯰や鰌《どじょう》の珍味は、都周辺の山野草の薬味を加え、良質な保存食とすべきものだ。京都有事に備え、駄魚を活用しよう。蒸し肉に蓮根芋粉を搗き交ぜ、竹筒に容れ、棒蕊を抜いて「竹輪」型の「蒲鉾」を造れば、戦時の携帯兵粮ともなる。如拙、女もすなる鯰料理という物を、寺でも勘案せい。

「余も心して鯰汁啜らむ」

如拙には、将軍が画師に求めている物が何なのか、今はもう分かっている。それは、食を通じて知る真物《ほんもの》の味だ。「画」を通じても、「食」を通じても、「創業」（建国）「経世《けいせい》」（済民《さいみん》・治国《ちこく》）の意《こころ》を知ることができる。食経（料理書）は、済民の書でもある。義満は如拙に「治国」の味を教えよ、と言っているのだ。当面の戦――頼之追放後の土岐・京極に対する報復の戦。大きくなりすぎた守護達を淘汰する戦――に勝ちたいばかりでなく「治者」として、心の世界で人より多くの物事を知っておきたい欲求を持っているのだ。

義満は画室で、画事工夫の合間に、好んで如拙と物を食い、茶を喫して、神仙や綺人や英雄の譚《はなし》をした。――彼国の伊尹《いいん》という男は料理の名人で「滋味を以て湯（王）に説き」天下を取らせた、というが、その場合の包丁は、鼎《かなえ》で煮る牛を斃《たお》す程の大鉈《おおなた》か？　如拙は笑って答えない。義満は如拙の一黙の内に、己《おのれ》の鼎《かなえ》の軽重《けいちょう》が問われたことを知り、小癪な坊主の口を割らせようと、別の話を持ちかける。往昔、晋の張翰という男は、王侯に仕える官人だったが、ある時、故郷呉の国の真菰《まこも》と蓴羹《じゅんこう》、鱸《すずき》の膾《なます》の味を思い出し、一切の権力と栄耀栄華の生活を棄てて、帰郷してしまった、という。一人高官に出世して栄達すれば、百人のお取巻が終生甘い汁を吸える国柄ぞ。そんなことでは国が保つまい。我ら日本に対して、朝貢せよ、さすれば汝を日本の王と称んでやるなどと言うてくるあの無礼な大明国の奴輩《やつばら》も、やがて滅びよう、と嘲笑って見てやるつもりであったが、中にはそういう無欲な輩、故郷の味を知る者もおるのか？

「土地」の意味を知る士《もののふ》もおるのか？

「如拙。鱸魚《ろぎょ》の膾《かい》とは何か？」

「秋風の所業にござる」

と如拙は応える。「まっこと、風の立つ日に故郷の味を思い出した身には、栄耀は要り中《も》っさん」

女絵師は宝珠形の唐美人と似た手で口を蔽い、おっ、ほっ、ほっ！　と嘲笑を包み隠した。

「面白や。面白や。其方の話を聞いていると、義満公という人が別人に思えてくるのォ。仕様のない女たらしかと思いきや、其方に山水人物を描かせたり、蓮池水禽図を写させたり、果ては天下取りの物語をさせたり。――その合間に戦争をしているのか、それとも戦争劇修羅能の間《あい》狂言で女狂いしているのか、其方、どっちだと思う？」

「女が先と存ずる。花が咲いて人を殺す性《さが》でごわす」

「何と、恐ろしいことを言う坊主か！　とはいえ、蓮と鱠と瓢箪に将軍が興味を示す事情は良く解るわ。あの男は政事も芸術も全部等しく女の味に還元してしまう色好みの偽公達だ。全ての美しいものと詩書画と女と鱠と鱸《すずき》の情緒を独占しようとする偏執狂だ！」

だが、今日の場合は、それだけではなかろう、と女絵師は如拙を鋭く見返した。それから、細川頼之退去後、将軍の政策の上に現われた明らかな変化の中に、退去劇の主犯（と将軍には見える）京極高秀への誅伐《ちゅうばつ》意識が含まれているのではないかという推断を口にした。

近江の鯰。畿内の安定の証。これに対抗できるのは、河内の楠木党の蓮池で飼育した鯰の加工技術と、それを引継いだ大内家の蓮池鯰魚の飼育・加工術しかない。蓮や鯰の「文化」についても、唐物・絵画、例えば「蓮池水禽藻魚図」や「紅蓼白鵝図《こうりょうはくが》」と言った画幅は京極家が多く所持する。天皇や宮廷の人々が、楠木正儀の乱入で京を追われ近江に避難、滞在した時、彼らを慰めたのは、これらの唐物・絵画や、佐々木導誉・京極高秀らが保護育成している「近江田楽」の音曲だった。そういう事蹟を勘案した上でも、尚、導誉や高秀が幕府・将軍に対して取った裏切りと叛逆について、これを誅伐しようとする気持を将軍は持つだろう。だから、近江勢に負けない、蓮と鯰と女の絵画を将軍は強く欲している。心中、既に京極・佐々木を「守護抑制」の対象にしているのだ。

女絵師は、それゆえ、瓢と蓮池と鯰と女の画は、将軍から我らに与えられた「近江討ち」の形象化の課題なのだとし、これから一緒に時間をかけて工夫してゆこう、と微笑みかけた。

「もう一つ、将軍が今日、其方をこの屋形へ寄越した理由があるであろう。憶さずに申せ。言わぬと大内義弘殿に逢わせてやらぬぞ」

如拙は振分け荷を手前の積荷箱の上に下ろし、包を取り、葛籠の中から一幅の画軸を取出し、紐を解き上縁を手にとり、するする吊り下げて、画面を女絵師に見せた。

「実は、輸入唐物の――この画でござるが、土岐頼康殿の甥の満貞殿が将軍に献上して来よっとです。ついこの間、近江の六角亀寿丸様が、高秀殿の暴走のお詫びに、と徽宗皇帝の鷹の画を持って来よった。これで二幅目ですな」

画は徽宗皇帝の筆という「鷙鳥図《しちょうず》」である。猛禽の鷹が、山中を逃げ迷《まど》う大鷺《さぎ》を捕え、ばたばたと暴れるのを、ぐ！　と爪を立て、圧え込んだ冷静沈着の態だ。同じ徽宗の鷹でも六角亀寿丸が献上した「架鷹図《かようず》」は、静中有動の端正・美麗な王侯の支配意欲の表現であったが、この「鷙鳥図」は、動中有静の、突然時間が止った中での厳粛な殺戮劇を「架鷹図」に負けない端麗さで描く。宮廷絵画の品格が、「弱肉強食の惨酷」を「生命連鎖の神秘」に変えるのだ。

　が、将軍にしてみれば近江が贈って来た端正な鷹が、美濃へ翔り、欲望と見栄と未練の象徴である鷺を捕え、この世の名分を糺す戦に勝った姿の様にも見える。画の繋がりが、京極・土岐同時成敗の呼びかけの如くに思える危険な情況なのだった。

「あらまァ、これは大変だ。なかなかの画だ。義弘様の部屋へ持って行って、一緒に検討しなくては」

と女絵師は言った。

〽月澄み渡る水の面《も》に
あまた遊女の謡ふ謡《うた》
色めきあへる人影は
そも誰人の舟やらん

大内義弘は母屋廂の広間で、脇息に倚り、広縁舞台に遊女が三人立現われる場景を見ていた。黒光りの板敷は月影を揺らせる川面らしく感じられ、竹籤《ひご》に白布を巻いて舟型に仕立てた「作り物」を置く趣好は屋形舟に見立てられるので、板間はそのまま立派な桟敷舞台だ。曲は観阿弥の作「江口」で、謡っているのは、大和結崎座の後見方――「作り物」や飾り具の世話をし黒子役で舞台を進めながら、門前の小僧で秘かに習い覚えた謡や舞を、一座に出入する曲舞々《くせまいまい》の女と組んで街売《まちうり》する、遣り手の老楽師――「華盗人《はなぬすびと》」である。その男を地《じ》頭《がしら》に、数人の臈長けた遊女達が謡を斉唱し舞台の三人を舞わせてゆく姿は不思議に艶やかだ。

義弘は満悦だった。国元で舎弟の満弘との間で年来争われていた領地紛争（内戦）が漸く収まり、大内家の領分は義弘が周防・長門・豊前の三国を守護し、満弘が石見一国を守護する形で結着した。京都に在っては、諸将が最も警戒し敬遠した楠木正儀の京館の継承と技能・文化の摂取を委《まか》されている。「遊女能」は楠木党が残した剽窃文化の一つで、「観世能」の秀れた擬製である。

細川頼之は将軍と共に猿楽を保護する立場を採っていた。頼之の四国下向で、細川家という強力な後盾を失った観阿弥と結崎座の人々は、将軍の愛顧だけを頼りに、懸命の曲創り・舞台訓練を続けていたが、義満が南征の戦を続けながら、一方で南軍の主将格の楠木党の血を引く観阿父子を偏愛する無謀を、もはや、暴政と見做す鎌倉公方や東国武将の中には、見せしめに、観阿父子を殺害しようとする動きも出て来た。実際、観阿弥清次は、至徳元年（一三八四）東国巡業の途次、南朝嫌いの今川家の手先によって暗殺されてしまった。一座の人々は辛うじて逃げ帰り、以後は残された藤若（三郎元清）を中心に、必死の努力を続けている。

こういう危険な情況を知りながらの、大内義弘の遊女能の保護育成姿勢は、なかなか勇気ある行動と言えた。勿論それは将軍の「独占」の領域を憚り、一座の周辺の曲舞々や白拍子など、各々芸域を持ち寄って「華」を成立たせ、独自の芸の育成に向う。将軍はこれを大内独特の都振りと見て、「真物」の領域を侵さない真似事芸の限りはと黙認しているのだった。
義弘はこの館に、遊女——と言っても、幕府の都市政策の一環を担う「高級な」有力傾城や巷・津の教養高い遊君・上﨟、また、辻の「長者」などではなく、文字は解するが、未だ芸も色香も未熟な、謂わば「中程度の」遊女を集め、「華盗人」に教えさせるのを好んだ。

〽なにこの舟を誰が舟とは
恥かしながら古の
江口の君の川逍遥の
月の夜舟を御覧ぜよ

旅の僧が江口の君の霊を弔っていると、遊女が舟に乗って現われ、世の無常を説き謡うので、誰の舟かと問うと、これこそ江口の君とその連れの古の川逍遥の月の夜舟である、と答え、遊女ならではの栄耀の途も「いずれあはれを遁るべき」と思い知りながら、「或時は色に染み貪著《とんじゃく》の思ひ浅からず」「また或時は声を聞き愛執の心いと深き」罪業深い身の上を告げ、なお舟遊びの楽を謡い舞ってゆく。

〽謡へや謡へ泡沫《うたかた》の
あはれ昔の恋しさを
今も遊女の舟遊
世を渡る一節を謡ひて
いざや遊ばん

やがて遊びを尽した江口の君は、六塵の境に迷い、六根の罪を作る事も、皆、随縁真如の理《ことり》によって救われてゆく事を示し、遂にはこの世も仮の宿であり、そこに「心とむな」と（西行を）諌めた遊女は我である、と普賢菩薩の本体を現わし、白象に乗って、白雲と共に、西の空へと翔び去ってゆく。（橋懸りを静々幕に入る。）

「う、うむ！　美事！　今日のは格段と良かったぞ！」

義弘は掌を搏って喜び、地頭《じがしら》の男衆と江口の君を務めた遊女とを手招きした。二人が低頭で磨り寄って来る鼻先へ、傍に控えていた阿弥と（いつの間にかそこへ移っていた）女絵師とが、褒美の扇を載せた朱塗の角高杯を、す、すっと、押し出した。

「さァ、これを取れ。褒美をな！　ここ、大内館でなくては出来ん、都の苞《つと》（土産）の、画入りの扇だぞ！　描いたのは、ほれ、ここな絵屋の主《あるじ》殿、その女《ひと》だ！　将軍が見たら、こっちへ寄越せ、と言い出し兼ねない傑作だぞ！」

男衆と江口の君役の遊女が扇を恭しく押頂いて下るのを見届けると、義弘は女絵師に顎で相図し、引連れて如拙の前に来た。三人は廂奥の書院に入り、如拙が持参した徽宗皇帝の「鷹図」（「鷙鳥図」）を前に議論した。

「我輩《わし》が将軍の寄越した画を観る前に、遊女の舟遊を観ようと勧めた理由がお解りか？　それはのォ、遊女能というか華盗人《はなぬすびと》芸は大分成長してここまで来たことを其方よりむしろ将軍に知って貰いたかったからだ。これに対し、「花の御所」の将軍の画事と唐物絵画の収集はどこまで成長しているか？　近頃は国元の事情にかまけて京を留守にすることも多かったので、如拙！　将軍の相手は其方にまかせきりだった。ともあれ、将軍がこの時点で、画を見せよだの、将軍家に入った画について、意見を聞かせよだの言うて来るのは、ちと、おかしい。将軍の嫉妬と猜疑心が働いて戦事につながる話でないと良いが」

「然かし、まず、どの様な画とご覧になりまするか？」

「うむ、まず――と言う前に、この鷹の画は、鷺を襲って捕える猛禽の姿だが、自分から戦をする訳ではない徽宗皇帝が、こんな弱肉強食の姿を描くことがあったのか？」

「ありました。けど、それは戦を描く絵ではなく、天の摂理に従って、生命と生命がぶつかり合う神秘な山中の劇を描くものなのです」

女絵師は皇帝が天地自然の摂理を自分より大きい物と感じとっていたため、絵に品格がある、と義弘を悟すように言った。

「それじゃ、これは真物《ほんもの》か？」

「いえ、時代は近いと見えますが、傑れた模作でございましょう。模者が原作の心をよく読みとり自分のものとした場合には、模作は原典同様、時には原典を超える程の良い画境を現わすことがあります」

「うむ。然《そ》うか。――それなら遊女の謡う謡が、能楽師の謡を超えることもある訳だ。良い考え方だが、――如拙！　其方の考えではどうなる。意見を言え！」

「これは、この、目の前にある通りの『鷙鳥図《しちょうず》』の類でごわす。野山を翔って、獰猛な四足獣や身体の大きい雁鴨や鷺を襲い捕獲する姿。先の話の通り、本来は山水の奥処の生命《いのち》の発揚を描く物とは申せ、禅坊主共の中には、鷹の猛禽ぶりを悪い精神の発揚の姿だ、と言いふらす者もおりますな。つまり、その、鷹が敵を襲って、すみやかに元に戻る姿を『君側の奸を除き、す速く主君の元に帰る』忠節な家臣に擬えまする」

「何、君側の奸を除き、す速く主君の元に帰る⁉」

「即ち、そのようにして、治国に秩序と平和をもたらします」

「ぐふ、そりゃ坊主の言い分じゃ。武家はそうは受けとらぬぞ。如拙！　この画を将軍は我輩にくれようというのか？」

「欲しいと言ったら置いて来い。要らぬと言ったら持ち帰れ、と」

「試したな！　将軍も人が悪い。鷹にも色々あろうものを、選りに選って好戦的な鷹を届けて来るとは！」

「それはきっと、将軍が公家趣味で、戦を忘れ、国事を怠って宮廷の女達と遊んだりしながら、位ばかり上げ、王侯に列しようとしている現状への自らの当てつけでございましょう。どう努力しても、武家は公家にはなれぬぞよ、品位は争えぬぞ、と」

女絵師が思わず義満の世評に関わるのを、義弘は制し「それもあるが――」と話を如拙に向けた。

「のォ、如拙！　これにはもっと直接に政事に関わる因縁があるように思えるが、どうであろうか？――いや、我輩はのォ、実は、この画を土岐頼康殿ではなく、一族の満貞殿が持って来た、という所に注目するのだ。宗家の大事な資産である画軸を、一族の若手が持ち出して、将軍に差し上げるとは――土岐の内部に頼康殿の跡目を巡って、争いがある証拠だ。頼康殿は長子（養嗣子）の康行に美濃・尾張・伊勢三国の守護職を譲るつもりらしいが、康行の弟で頼康殿の二男の満貞は、これに不服でな。既に侍所の要員として、将軍の政権を支えて来た実績を踏まえ、尾張は自分の守護する所としたいと言い出しているのだ。頼康殿は承知せぬので、満貞は将軍に直訴して来た。この画は、その手土産なのだ。将来、人事を発令する時には、私を宜しく、とな」

「猟官運動とは浅ましい。白鷹の品位が泣く」と女絵師は嘆息した。「これから、どう付合うべきであろうか。この土岐という、名族の内粉は？」

「ぐふ。それは其処許らの関わる範囲ではないが、敢えて言うなら、将軍に委せて、その仕置方法をよく観よ。将軍はな、この内紛につけ込んで喧嘩両成敗の形で土岐を守護淘汰の対象にする気だ。細川頼之公追放劇の主役だった京極高秀殿と土岐頼康殿に対する将軍の報復・誅伐劇は、疾うに始まっておるのだ」

「――既に土岐家にも⁉」

と女絵師が小さく叫び、如拙もまた驚きの声を上げた。

「土岐の当主は代々鷹が好きで、徽宗に限らず鷹の画を聚めておる。今の当主の頼康殿は剛勇を以て鳴る御仁だが、やはり鷹好きで、自らも画を描いておる。実は最近、二条良基公のお屋敷へ和歌の講義を聞きに出向いた時、土岐頼康殿の描いた鷹の画というのを見た。二条家の奥方は頼康殿の娘御だから、これは間違いない。で、その鷹が墨淡く震え筆で、輪郭線の動きに〝物象を度（劃）して、その真を取る〟気迫が抜けているのを見た」

「と、申されますと？」

「判らんかな、如拙？、頼康殿は、もう長くないのだ。いかな英傑も歳には勝てんのだ。後は康行が継ぐのを幕府は認定せざるを得んが、不満の満貞は必ず、また義満公に訴えて来る。今度は『架鷹図』の内でも『端麗あたりを払う』逸品を持って来るだろうが、康行との小合戦は免れんだろう。その内紛に乗じて将軍は土岐を討つ。しかし我輩《わし》はのォ、近く起るであろう土岐討伐には関わらんでいたい。将軍は我輩が、いや、大内家が南朝好きで楠木正儀公の文化伝統を継ぐ形なので、楠木党を敵として戦って来た土岐を将軍が討伐するとなれば、大内は先頭に立つ、と踏んでいるのだ。が、我輩は軍勢は出さぬ。近江や美濃の連中に委せたいんじゃ。我輩は暫く平和の内にいたい。京では、街衢の芸能に関わって、暫く遊んでいたい。いや、将軍は大内が上臈を養成して東国諸藩に贈ったり、遊女能を育成したり、将軍に勝る唐物を持ったり、有力な画師を置いたりする真意を計りかねて、忠誠の度を計るため、色々仕掛けてくる。今日も如拙を物見によこしたのだ。しかしなァ、我輩は将軍の犬にはならん。如拙！　この画は遠慮する。持ち帰って将軍に伝えてくれ。能ある鷹は爪を蔵すって」

義弘の予言通りだった。嘉慶《かきょう》元年（一三八七）美濃・尾張・伊勢守護を兼ねた土岐頼康が没し、後を康行が継いだが、次男の満貞はこれを不服とし、惣領権は実子の我にあり、と将軍義満に直訴した。すると、義満は予め考えてあったらしく、早速、満貞を尾張守護に補任した。彼らを戦わせ、相互に損耗させるべく、罠を張ったのだ。康行はまんまとこの罠にはまり、満貞が尾張に入部すべく軍勢を連れてやって来たところを、入口の黒田宿で迎え撃った。内戦になった。これを待っていた義満は、康行を幕府の裁定に従わぬ叛徒と認め、美濃・飛騨・近江の諸将にこれを討つべく「追討令」を出した。頼康の後嗣の康行と戦いたくない近江・飛騨・美濃勢の背後を、将軍自らが率いて発向した奉公衆の軍勢が圧し進めた。康行は敗走し、山中へ逃亡し、軈《やが》て行方を断った。

こうして、将軍義満の南北朝合一へ向けての内治・政策の最大の抵抗勢力であった土岐家の抑制・淘汰（幕府政事にとって都合の悪い者を除き、都合の良い者を残す策）は、将軍の努力で実現したかに見えた。だが、惣領権争いという「内訌」に付け込み、争いを煽って内部を弱体化させたところを一番親近の隣接地域——近江・飛騨・美濃（の一部）の将を以て、これと闘わせる、というまさしく卑怯な戦法は、武将達のみならず、側近に侍る阿弥や能楽師や画師の如拙の心胆をも寒からしめた。

美濃・尾張両国は、以後同じ土岐一族でも、幕府と足利御一門政体にとって、都合の良い武将の領有する国となった。

土岐討伐が終った時、如拙は大内館の女絵師から義弘が暫く国元の周防へ帰る時、女絵師に洩らしたという言葉を聞いた。——土岐討伐に自ら軍勢発向した将軍義満を発奮させたのは、鷹の画を突き返した義弘の、東国の戦は東国にまかせる、我らは将軍の犬にはならぬぞ、という将軍躾けの言葉だった。義弘は将軍に、最高の軍団であり将軍の番犬である奉公衆をもっと活用し、将軍自らが先頭に立つよう勧告する形で戦に加わり、将軍を勝たせたのだ。土岐を討ったのは「君側の奸」をぐ！　と捕える鷹だったのだ。義弘は犬にはならず、ただ、能ある鷹になった。

義満の守護抑制は、土岐討伐の後、間を置かず、山名氏清の征討に向った。山名家が従来幕府侍所に仕え、南朝討伐で戦功を上げる度、恩賞を得て肥大化し、今や一族で十一ヶ国を領有する迄になっている実情を思えば、いずれ抑制の対象になるのは避けられない事態だった。

また、細川頼之下向後、京に居難くなった楠木正儀が河内へ帰り、再び南朝に復帰した時、これに怒った義満は南軍掃討に一番強い山名氏清を派遣し、正儀を討たせた。赤坂城を降りた正儀は領内平尾で氏清と戦い、敗走し、行方を絶った。その結果、河内も山名の領有に入るのか、と諸将は思ったが、義満は山名の剰りの肥大化を恐れ、腹心の畠山基国にこれを与えた。つまり、今、山名の十一ヶ国というのは、(一族の現惣領時義が守護する)但馬・伯耆《ほうき》・隠岐・備後、(その弟氏清が守護する)和泉・丹波、(一族の義理が守護する)紀伊・美作《みまさか》、(満幸が守護する)丹後・出雲、(氏家が守護する)因幡を言う。山城は天子の土地であり、これまで守護はおかなかったが、最近地方土豪・国人の横暴の問題もあり山名氏清が守護することになった。これを入れれば十二ヶ国である。日本海・瀬戸内に湊を持つ山名一族が堺湊を獲得し、北陸山陽道・瀬戸内・南国紀泉の富を連結し、都へ進出することが可能となるに及び、義満は幕府権力を揺るがす強大な勢力が現われたのを認め、淘汰の必要がせまったのを感じた。

義満は土岐の場合と同様、山名一族の内部に、誰が惣領権を受継ぐか、について内訌がある点に目をつけた。時義の子時熙《ときひろ》と、時義の弟氏清とが各々惣領権を主張し、激しく対立している。

康応元年（一三八九）時義が没し、その領国但馬・備後を惣領の時熙が継いだが、時熙は全体に幕府の人事に不満で、叔父の氏清との対立感情はますます募った。義満はこれを利用し、二人の対立を煽り、双方を消耗させる手に出た。これも土岐一族を挑発し、戦わせた方法と似ていた。

明徳元年（一三九〇）、時熙・氏幸らが幕府の土地領有に関する沙汰・成敗に不満で一部従わないのを口実に、義満は氏清・満幸に命じ、時熙討伐の兵を挙げさせた。時熙を除けば、その国の内の三国（但馬・伯耆・隠岐）を、其処許らにやる、と欲で釣ったのだ。

氏清は同じ一族の者を退治するのはお家滅亡の因だが、「上意」とあらば致し方ない。ただ、討伐終了の後、時熙が幕府から許され、我らとも和解するなどの事だと、我らは共に無駄な血を流す結果になる。絶対にそういう形にならないように、と幕府に約束させて出陣した。結果は氏清軍の勝利で、幕府は氏清に但馬を、満幸に伯耆・隠岐を与え、時熙は備後一国に留め置かれる形となった。

ところが、翌年になると、義満はがらりと態度を変え、時熙らの恭順の様子が良いので、これを許したいと言い出し、氏清の宇治の別業（別荘）で観楓の宴を開き、その席上に時熙らを招び、幕府への忠誠を確認し、氏清らとも和解させる工作をした。時熙を幕府に参画させたい。時熙は武将としても優れているが、公家風の教養もあり、詩歌名人だから、侍所の頭人も委《まか》せられる人材だ、と。憤激に駆られている氏清の頭上へ、早く会場へ来い、という誘いの使者を通じて、義満の酷薄な伝言が降りかかった。

――氏清、お前が楠木正儀老大を平尾で打破った時、赤坂城内に秘匿されていた、如拙の「山中宰相図」を戦利品として持帰り、我輩に報告せず京の山名屋形へ入れたことは判っているのだぞ。だが、その事は許してやる。画の楽しみを次世代へ持越してくれるなら、もう咎めはせん。大事にせよ、ただ、若い時熙には、もっと超俗の、人知れぬ山中で人が読書し、童子が落葉を掃く所を描く「山中書屋図」「山中無事図」「童子掃門図」の類の山水人物図を作って、今から遣《や》ろうと思う。既に如拙をこの山荘へ招んで、それを描かせている最中だ。童子にとっては、一族の内紛など、どこ吹く風だ。時熙は画の解る男でな、戦役の苦労もどこ吹く風だ。氏清、お前も戦や内証の事情にかまけてばかりいず、画の解る人間になれ。山亭雅会、とゆこうではないか。早く来い。時熙はもう来ている。如拙がどのような「無事」の心を描き出すか、楽しみだぞ。――

これを聞いた氏清は憤慨し、観楓の宴に亭主自ら出席を拒否した。――「氏清来会せず」の事態に、義満は（ほくそ笑みながら）激怒して見せ、氏清を将軍を侮辱する叛意の持主と決めつけた。その上、出雲・丹後守護の満幸を、後円融上皇領の出雲国横田庄を横領しているという廉で、京都から追放し、出雲国守護職をとり上げてしまった。こうまで明白《あからさま》な挑発を受けては、氏清は叛乱せざるを得なくなり、国に戻って兵を集め、また、反幕となれば利害の一致する南朝方諸族とも手を組んで、京を挟み撃つ体勢をとった。こんな奇妙な、こんな無惨な戦はない。が、実際に起ってしまった事なのだ。

山名の攻勢は熾烈だった。十一ヶ国の総力を結集し、満幸は丹後から、氏清は和泉から、大軍勢を率いて京都へ進攻した。この時を待って合戦の準備をしていた義満は、管領細川頼元、畠山基国、大内義弘、侍所頭人赤松義則を主力軍として洛西内野に軍勢を展開し、自らは馬廻り「奉公衆三千騎」を従え、中御門堀川の一色満範邸に本陣を構えた。如拙は一色邸の奥の救護隊――浄土僧や阿弥達に混り、屏風の後ろから本陣の様子を伺っていた。

はじめ、山名軍の攻勢に苦戦した幕府軍は、前線を守る大内義弘の奮闘で持ち直し、辛うじて勝利を収めた。この時、義弘が大将自ら戦線に斬り込み、ただ一騎敵中突破し、血まみれになって義満の本陣に馬で駆け寄り、「我が命はここに捨つるとも、前線維持のためには援軍さし向けられたし！」と言上した事で、義満は目を覚した。身近にせまった死と生（血潮）の対比の「美」に搏たれ、初めて「将軍」らしく、床几から立上り軍配を上げた。

大内義弘と昵懇の赤松義則隊が先頭を切って軍勢を押し出した。「左京死なすな！」「前へ！」「前へ！」という義則の号令が赤松隊を叱咤した。

義弘が山名討伐の先頭に立ったのは、領土欲の強い山名が大内領を侵犯する危険があったからだ、と人々は忖度したが、義弘が腹心や側近の女絵師らに語るところはそれとは相違した。義弘は楠木正儀が強大な、立派な敵であって欲しいと考える点では斯波義将や土岐頼康と同じ北軍の将であったが、正儀の北朝帰服や再度の南朝帰参については、その困難な選択に同情し、危険な人生を選んだ勇気を内心讃えていた。自分が降伏する形で戦闘を止めたのは、偉大な忍辱である。南北軍はもう戦いを止め、両朝は合一すべきだ、と考える義弘は、降参する側にまわった武士の苦痛を一顧もせず、領土欲に駆られて正儀を討った氏清を憎んでいたのだ。

義弘の「血の言上」は、幕府軍に血路を開かせ、将軍に勝機をもたらしたが、義満がどこまで「血」の意味を感じとったのか、どこまで「生活と政事と軍事の問題」として、その間を往復せねばならぬ武士の心の困難を感じとったかは、如拙にはよく解らない。が、戦役が終って諸将に恩賞沙汰を下す段になると、義満は、容赦ない足利将軍の合理を取り戻し、餓狼の群れが、斃した巨牛の肉に食いつくにも等しい凄まじい領地争奪戦を采配する、浅ましい、醜い司祭に変わっていた。

「山分け」は、すさまじかった。細川頼元に丹波が、畠山基国には山城が、一色満範には丹後、赤松義則には美作、大内義弘には和泉・紀伊、佐々木(京極)高詮には隠岐・出雲が給与され、山名一族は但馬(時熙)・伯耆・因幡(氏之)の三ヶ国守護を補任されるに届まり、その勢力は著しく後退した。備後は乱の直前義満の応援に駆けつけた頼之の「爺」が、常に山名時熙を牽制し、幕府の側につけて戦わせる形で無事に保たれたので、乱後は細川頼元が守護することになった。義満が山名の旧領を諸将に「山分け」するについては、(斯波義将が土岐・山名を続けて討ってゆく将軍に従ってゆけず、越前へ帰った後)四国から復帰して来た細川頼之の〝爺〟と、その息子で新しく管領となった細川頼元の裁量に従っている部分も多かった。が、頼之と頼元とは、どこまでも、来るべき南北朝合一の大仕事を将軍が成しとげられるよう、諸将を配置して行ったので、結局は斯波も細川も畠山も、将軍の配下に纏って行った。

山名討伐の先頭に立った大内義弘はその戦巧を義満に認められ、山名の旧領中南朝の中心たる大和（吉野）に近く、政経・軍事の中心拠点となるべき和泉・紀伊の守護職に当てられた。河内は楠木勢後退の後は、畠山基国の守護に委ねられていた。それが山城の守護にもなったので、以後の南北朝合一の交渉・工作は、大内義弘・畠山基国・細川頼元の三軍の取囲む中で——それらの軍勢の威圧力を以て進められる形になった。

義満は氏清の菩提のため、大報恩寺（千本釈迦堂）内に経王堂を造り、戦死者共々、供養した。が、そういう堂宇や施設が整うのは先のことだ。武将達はとりあえず堂の軒を借り雨を避け、その下に戦死者達を収容し、遺物を混乱なくまとめ、引取に来るだろう朋輩や家族や縁者に托した。土地の僧達が集められ、供養が行われた。如拙は敵味方供養の立場から衆僧に混って焼香・読経したが、心は、乱中宇治の雅会で描いた「童子掃門図」と乱後山名時熙が将軍に返して来た「山中宰相図」、以前、細川頼之が四国へ持って行き、乱後、管領になった頼元を通し、やはり将軍に返して来た「王右軍書扇図」の上にあった。三点とも当初の旅を終え、血潮や死の幻像を伴って将軍のもとに帰って来たのだが、将軍はこれを「花の御所」の画庫に入れず、画者の如拙に持たせせた。やがて相国寺が全山完成供養の運びとなるその時、絶海と共に其方は相国寺に、それらの作品を持って入れ、と義満は勧めた。

6

如拙は昼過ぎ、「花の御所」から来た郎党に招び出され、西洞院の土倉宗祐の屋形へ赴った。将軍義満が、微服《びふく》（身形を窶《やつ》）して街衢《まち》に出、遊興し、民情視察するので、先に行って画会・宴席の準備をしていよ、最近作の画を一点持って来いという。如拙は萎烏帽子に筒袖、口紐締め小袴の作務衣姿で出かけた。

微服《びふく》して康衢《こうく》に遊ぶ

というのは「列子」など史書類が記す太古、尭帝が、長く続いた天下の平安を民が肯っているか否か、豊穣と平等の世を民が享受しているか否か、直截に聞いて見るため、街衢に入って行った事蹟をいう。「十八史略」によれば、尭はこの時、辻に現われた老人が鼓腹撃壌し、

帝力何ぞ我にあらんや

と唱うのを聞き、真の太平が実現した世では、為政者の徳も、その存在すらも、忘れられるものだ、ということを知ったのだった。今の日本はこの種の太平どころか小康にも至らぬ不安の時代だが、そういう中でも、足利将軍は己の施政に対する衆庶の感情を知りたいのだろう、と如拙は義満の立場を忖度した。

足利将軍家には、鎌倉の昔、執権の北条時頼が領国（荘園）の実情を確かめるため、自ら僧に身を窶し、検見して廻った「巡検使」の伝統が今も形を変えて残っている。表向きは「上使」と言われ、幕府権力の中枢にいる有能の士が当る。が、将軍自身の諸国遊覧や、度々行われる寺社詣でも、諸国の実情を調査検分する目的を伴っている。義満も寺社詣では良く行うが、洛中の遊興も、民情視察の内だった。

土倉の宗祐の屋形へ着くと、如拙は宗祐と語らい、二楼の大広間の飾りつけを手伝った。

宗祐屋形は近隣でひときわ大きく、表は卯建《うだつ》（防火壁）を上げた町屋だが、中は二層の楼で、「漆喰壁《しっくいかべ》」の土蔵を内接している。この白い厚壁だと、火災でも焼け残る、というので洛中争乱と土一揆に備え、宗祐が近頃、金をかけて新設したのだ。義満も大乱に備え、室町御所の中に漆喰壁の土蔵を造り、宋・元の名画や墨跡を収めようと企図しているので、この蔵はその試作品とも言える。質物の詰ったその蔵から、宗祐はあらかじめご披見に供ずる「唐物」絵画を選び出し、二楼の桟敷広間の押板壁に掛け並べた。

微服行とはいえ、ここはご近習二人に同朋の阿弥、御用画師の如拙を伴っての画会であり、将軍の遊興の席である。警固の走衆は屋形の周りを目立たぬ格好で取巻いていた。

如拙は押板に掛け並べた掛幅に、寺から持参した一幅を混ぜた。義満に依頼された一品だ。

「三教図」。

釈迦・孔子・老子を一図に描く図で、三教一致（仏教・儒教・道教の教えは、説く所は違うが根本の真理は一致する、という考え方）を示す。唐・宋時代からある教説だが、南宋の無準師範以下、入宋僧の円爾《えんに》弁円《べんえん》（東福寺開山）、来朝僧の無学祖元（円覚寺開山）、蘭渓道隆（建長寺開山）らも、この見解を認めており、義堂や絶海も肯定しているので、如拙も自然、この考え方を受容し、絵画にするにも、既にある南宋の梁楷の図柄・描写様式に従った。つまり、この題材では、図柄は大方決っているのだが、人物・衣文の筆描の鋭さ、墨線の太細の抑揚に、画人梁楷の個性が表われる。聖なる物・神秘なる存在、超常的な現象に対する梁楷の主観の表出だ。——その墨線の圧倒的な躍動を模しながら、如拙は尚、「自分の三教図」を造り出したい、という誘惑に駆られた。とはいえこの偉大な超俗の、自身造型の極みに居るが如き画人の心象に、どこまで迫れるかは心もとない。梁楷を前にしては、自分は未だ「物象を度（劃）してその真（神）を取る」絵画の要諦を弁えぬ若僧なのだ。如拙は思い切って単純に象徴的な姿形の、梁楷よりはずっと俗世の人間に近い、親しみ易い三聖人とし、衣文の墨線も強大ながらに温かく描いた。

「ほォ。面白《おもろ》い、面白い。一段とご精進の様子で。ますます以て貴殿は真実《ほんま》に我が朝の御僧でござるか、中華の画人でおわすか、と聞きとうなりまんな。梁楷風ですな。原本はいずれに？」

「絶海中津師のお持ちの物を見せて貰《もろ》うたんじゃ。儂《わし》はもともと絶海師から『耕織図』と『琴棋書画図』いう二点の梁楷画を托されておってのォ、それらの材料は何とか自分流でこなせるようになったが、『三教図』は未だ充分でないよってに、将軍に頼まれたのを良い機会と思うて、精進した」

「将軍に？——すると、この御作は、将軍義満様のご注文で、絶海中津様のご指導を得て出来た、そういう筋書きでござるな。——さては、画面の上の方が大分《だいぶ》空いてはるのは、どうやら将軍様や高僧方に讃を書いて貰おういう魂胆らしい」

「画が気に入れば、やな」

「気に入らなければ？」

「破棄せよ、となるわさ。梁楷の名画に『経破り六祖』いうのがある。あれを、殊の外、将軍が好まはってな」

「そう言えば、義満殿の好きな禅宗の偈文は『放下便是』（こだわるな。打ち捨てよ。便是《さすればよし》）でしたな」

宗祐は大抵の土倉が権門・山門の洛中への出資先であり物流から金融まで手がける特権的な商人なのに対し、幕府よりの業者で、土倉役・棟別銭の貢納にも快く応じ、飢饉には洛中で炊出しなどするので、幕府・将軍からは重宝されている有徳の商人である。もとは畿内の禅寺の坊主だったのが、物数奇が高《こう》じて商売に転向した遣り手であり、自ら水墨画を手がける画人でもある。

「某と致しましては、これを用意致しました」

宗祐は板壁に掛け並べた何点かの掛幅の一つを指し、如拙をその前へ誘った。

「京洛図」。

洛中平安。暖い屋根屋根の重なり。人の往き交いには自分の住む街衢《まち》を得た者の「幸福」がある。それはまた、煙雨に煙る街衢並の奥に、七重の大塔が立つ淡墨の風景でもある。田を犂《す》く牛追い人の姿はないが、京洛の負廓《ふかく》（郊外）にしては田野広漠の底に、畔《くろ》の端とも遠雲の翳ともつかぬ水墨の塊が蟠《わだかま》っていて、良く見れば鯰がぬるりと身をかわし、泥中に隠れようとする姿だった。

「某には、京の都が、かくの如くに見えるのです。いや、都が良くなれば——つまり、将軍とご一門の政事が成功すれば都がこうなる、という姿を描け、とあちこちから言われておりましてな。将軍は、相国寺の全山落慶も近いというので、法堂・仏殿の次には、天下一の大塔を立てる、言うて意気ごんでおられますやろ。鯰はその都を支える盤石の謂《いい》でして」

「う、うむ。商人の其方がそげな事まで知っておるとはな。——なら、この淡墨の一、二、三、……七重の塔も、政事が巧く行けば建つ、いう寸法か？」

「はあ、そのようで。というのも、その辺りの描き様は洛中の禅寺の和尚様方のお指図でして」

「禅寺に塔は要らぬ、と長老方が止めるやろうとは言うておらなんだか？　その街衢中の禅寺のご住職方は？」

「仰言いませんでしたな。むしろ、如拙殿に聞いてみてくれとのお達しで」

「う、う。然うか。儂《わし》は、金のかかる造寺造仏や人を犠牲にする作事には反対やが、この場合は、やらせて見ようと思うとる。――そげな巨大な天に刃向う代物が人間に可能なものかどうか。それこそ、見ものやでな」


義満は折烏帽子に直垂小袴太刀佩きで現われ、ご近習二人と阿弥を従え、挨拶に出た家人たちを尻目に、せかせかと二楼へ上った。階段の上り端で、ふと足を止め、平伏中の宗祐を振向き、「二楼の蔀《しとみ》は開けてあるか？」と聞いた。宗祐が「は、はァ」と低頭のまま「次《つい》でに簾《みす》も上げておきました。七重大塔は勿論、香盧峰の雪まで見えまする」と禅僧上りらしい粗野な冗句を口にすると、うふ！　と軽佻仲間に出会した顔で笑い、二楼に入り、並べられた画幅の前に来て立止った。暫く黙って「三教図」と「京洛図」とを見競べ、周囲に集って来た者達が不安になる頃、本音とも戯れともつかぬ頓狂な声を上げた。

「重畳《ちょうじょう》、重畳！　どれも皆、己《おのれ》の役割というものを心得ておる！　良うやってくれたのォ。画描き法師と金売《かねう》り吉次《きちじ》の競作だ。蓬莱国と花の都がいっぺんに景気づくぞ！」

それからすぐに作品の評定になり、脇に控えた宗祐を振向いた。

「宗祐！　さすが機を見るに敏な其方だ。今の我輩の希みに合わせて、まだ見ぬ大塔を描き込んだな、それにしては、ちと墨が薄《うす》いが。いや、我輩はな、実際こういう〝京中のどこからも見える〟どでかい塔を造りたいんじゃ。往昔《そのむかし》、聖武帝が造った東大寺の塔よりも高い奴をな。如拙！　七重の大塔、そびえ立つが嘉《よ》し、とするか？」

「――ご随意に」

「ところで、宗祐、この鯰は、何故、一匹なのだ？」

「それは、つまり、六十余洲は一匹の鯰の上にあるのでありまして、鯰が支えてくれる限り、都は安泰でありまする」

「そうか、我輩もそう思う。が然《しか》し、京の鯰には、又別の意味もある筈だ。諸国飢饉で京に飢民が溢れ、都有事となった時、鯰粥と鯰汁を炊出して人の生命を救ったのは、宗祐、其方ら街衢の有《う》徳《とく》者だ。我輩はあれ以来、この如拙に〝京の女と瓢箪と鯰〟の画を描け、と命じている。――如拙！　鯰は未だか？」

「未だ正体が摑めませぬ。大内館の女将と一緒に蓮と鯰の画を工夫しておりますが、ぬるり、と身を躱《か》わされたところで。それに、近江女、京の女、河内の女と言われましても、僧の身では、ちと――」

「何を言う、遊君というものが居るのだから、其方も遊べば良い。我輩は遊廓を公許にしたいと考えておる一人じゃ。遊びを尽して女の人生を知れば、瓢箪鱠も描ける。良いな？　これは宿題だ。――おっと、その遊びの敵方がご来場だ。まずは遊ぼう。如拙！　『三教図』の話《こと》は後《あと》で考えよう」

如拙は笑って頷いた。「三教図」の画評は酒と女と詩の後だ。一同は宴席に移った。

宗祐の室と侍女達とが、高足の膳を捧げ上って来た。提子《ひさげ》を持った娘達が酒を注ぎ、立膝をする度、小袖の裾が分れ、素足がちらつくのを将軍と近習とは眩しく見た。

宗祐が末席に着き、掌を打つと、それを待って広間の隅の調台構《ちょうだいがまえ》の引戸を押開けて傾城（遊女）達が賑かに繰り込んで来た。宗祐屋形から遠くない街衢の妓楼から出張って来た遊女達で「おいでやすう！」「こんばんはァ、大きに！」という嬌声の張りは、女達が辻の遊君や恋の床をとる枕女郎ではなく、各々に芸を仕込まれた、客席をとり持つ素養の持主であり、高級傾城の下に集る有力芸妓やご新造の類であることを示した。ただ、大内屋形の仕込中の「中級」遊女達に較べ、ずっと遊び慣れた街衢の女達だ。遊女達は客が将軍（の窶し姿）であるのを知っていながら知らぬ顔で戯れ、盃を振舞われ、早速酔いが廻った風情で、遊びまひょ、さァさ、酒々《ささ》飲《とう》べませ、お粗相《そそ》なされませ、と戯れかかった。屏風を背後にした舞台が設けられ、芸妓達は順次に歌舞を披露した。
堅太りで風姿の良い、老練の鼓打ちの女将は高井と名宣り、水干に朱の袴で、慣れ切った腕が控え目に、だが「鞺鞳《とうとう》と」拍子を擣《う》つ。これに連れてご新造の初鶴が舞う姿は、特段に艶《あで》やかだ。

〽やら、やら、目出たやな
治まる御代のしるしとて
国々よりも参る貢《みつぎ》
幾久しきも限らじな

義満は女達が自作の、小歌の節廻しをとり入れた舞を繰り出すのを、いちいち「法楽！」と讃《ほ》めては、少しずつ酒の席に戻らせ、近習二人と手際良く膳を片隅へ退け、膝を突合せ、目近に顔を寄せた。女達の語る所を熱心に聴く風情だ。義満が料亭の珍味や酒を楽しみ、女達と戯れる様子には「花の御所」で正室の日野業子や、その姪の康子を始めとする公家出身の女達・お局《つぼね》達に囲まれて夜を過す窮屈さから逃れ、生活の匂いのする女達と遊びたい、という慰藉への要求——大地への憧憬——があるのも確かだった。

「今日は其方等にどんな話が聞けるか、楽しみにして来たのだがな。実は我輩《わし》はな、幕府の役所や武家邸だけでなく、禁裏の地下にも加茂川の水を引込んで、下水を作ってやってな、この花の都を匂わぬ都、真物の面白の花の都にしてやった。それでな、この大君の都、将軍の都の地下の鯰の機嫌が知りたいのじゃ。誰ぞ心当りはないか？」

女達の中で一番若い、花柄の中振袖の、細身の肩つきが公家風の娘がそっと手を上げた。

義満はその手をつと把え、ぐ！　と引寄せ、抱きかかえ、くん、くん、と首筋を嗅いだ。

「何を話してくれる？　ああ、良い香りじゃ。女の汗と衣の燻香が混って、えも言われぬ。其方、何か薬草でも嗜んでおるのか？」

「え？　——いえ、何も」

女将の高井が話を引取って、万亀《まき》というその娘をとり持った。

「この妓《こ》ォは、お公家方の育ち故、ナニの香りが良ォございます。上様のカンの宜しいこと！」

「ナニとは何か？」

「それはその、女の一期の尿《しと》の香りにございます」

義満は娘にかけていた手をふと止め、改めて両肩を摑み、しげしげと顔を見た。

「尿の香り？　——とは、これ如何に！　其方、本当に良いか？」

「い、いえ！」

「逃げる要はない。確《しか》と探らせよ」

いざって逃げようとする万亀の身体を義満は立ってぐい、と引戻し、蔽いかぶさると、やにわに羽掻い絞めて、ばたばた、という小袖の裾を左右に開いた。万亀が抵抗を止めると、すかさず生温い谷間に顔を埋めて、むんずむんずとこすりつけた。

「地所である！」

と義満は顔を上げ、中空に向って生命の確認を宣言した。「天が良き地所を其方に恵んでおるな。大鯰がおる！　これで安心じゃ！」

義満の手を放たれた万亀は、広間の隅へ逃げ、顔を袖で蔽って、蹲った。老練の高井は臆さず弁護し、「その昔、一遍上人の『お尿《しと》』が眼に良いと、国中の眼病の女達が飲みたがり、上人のご亀頭めがけて群集《ぐんじゅ》した、と言うではありませぬか。この娘《こ》ォもそのお話にあやかって尿《しと》の芳香を売り出したい所存にございます」と承認を求めた。

「妾《わらわ》の尿《しと》は芳香あり。飲めば五臓の痼《しこり》を解かし、生涯に付きを招ぶゆえ、この世の全ての不幸な男よ、我が足下に来れ。尿恋《しとこい》成就せしめん、と」

ぐふ、と啼った義満は、そのままふっと沈黙した。ご近習が間を繕った。「その、一遍ご上人の話はな、時衆の輩を邪教の徒と悪し態に言うために誰ぞが作った話での、事実ではないのだそうな。上様の歴史のご学問の師である二条良基公のお教えでの。我らも共にご講義に列なったのだが」

もう一人の近習が話を引取った。「うむ。ご亀頭群集とは、聞けば喜しくなる話だが、それを今頃ぶり返す輩がおるのが問題でな。気をつけよ。京には途方もない奸計で金品を掠め盗る奴輩がおりよるでな。其処許らもそういう不埒な者共に唆かされて、妙な商売に手を染めようとしておるのではないか？」

が、義満の反応は意外に明るく積極的な意欲にあふれていた。

「良い、良い。我輩は尿恋売りを許す」

義満は面白の花の都に加茂川の水を引込んで下水溝を廻らせる構想は、入元の禅僧が持帰った天童山景徳寺の伽藍図を見て発想したのだ、と一見関係なさそうなことを言った。だが義満の心中では、景徳寺の東司《とうす》（厠）の、全ての穴の前に水と灰と塩の壺を揃え清潔を保つ壮観と、都の邸宅や街衢に下水を廻らす壮観とが一つになっているのだった。つまり、都の地下には、地上の美を保つための暗渠が流れている。やがて南北朝合一が成り、御輿に神器が乗って渡御する日にも、都大路の地下には、京中の娘達のお下の物やお尿が流れていなければならぬ。

義満が「次の香り」の女と「話」とを物色しているのを見て、男慣れした高井は気を利かせ、小太りの年増の富久女《ふくめ》という、水干小袴ながら化粧薄く素顔の透ける女を押し出した。

「この妓ォは街衢《まち》育ち故、怪態《けたい》な物を良く見て廻っております」

「おゝ、そうか。ではこの懇《ねんご》ろな汗の匂いも、街衢の匂いなのだな。これも地所の内じゃ。良い。良い！　で、その怪態な物とは何だ？　遠慮なく話せ。花の都の下水《したうず》の話なら、大歓迎だぞ」

「では、本物の下生《げしょう》譚《たん》を致します」

と富久女は言い、物事を自らに確認する顔になった。

西山の街外れの山裾に「とうとう兜率天《とそつてん》から弥勒《みろく》が下生して来た」と言って見世物小屋を作り、木戸銭を取って大儲けした者達がいる。珍しがって老若が出かけてゆくので、富久女も人と連れ出って行ってみた。すると薄暗いお堂の奥に、成程、巨大な弥勒菩薩《みろくぼさつ》の半跏《はんか》像が鎮座し、頬に手を当て、思惟《しゆい》中だった。像容は半裸の女体で肌は白く塗られ、唇の彩色がけばけばしく、虚仮《こけ》嚇《おどかし》風なので此頃《このごろ》造られた張りぼてと見える。形像は安定しているが、表面の生々しさがまさしく下生したばかりという印象を作る。堂内に異香燻じ、線香の煙は揺らめくが、像自体は一向動かない。はて、下生とは？　と人が思い始める頃、後ろに僧と修験者が来て、夕陽の棚引く草叢を指し「鈴蟲の音が聞こえるであろう。龍樹《りゅーじゅ》・龍樹《りゅーじゅ》と聞こえぬか、聞こえる者は、すでに弥勒菩薩の説法に連なる資格を得た者ぞ。なお信心増さば、あの山の端の金覆輪《きんぷくりん》の向う、兜率天より下生の折の目印にと敷き詰めた黄金の土地に、弥勒如来がとうとう来ておわすのが見ゆるであろう。こっちで思惟中は弥勒菩薩様、あっちで説法準備中なのは弥勒如来様で、仏心は一体である。蟲の心は慈悲心。菩薩の心は母心。如来の心は父心。――でな、信心至らぬと良く見えぬこともあるが、其方には必ず見ゆるゆえ、せいぜい精進せよ。山向うの説法の坐が見えたら、この験者《げんざ》が、山道を案内してつかわす。既に何人も山道を登って行ったゆえ、共に、龍樹《りゅーじゅ》の三度の説法に連なるが良い」と僧が言い女達の背中をとん、と押した。「いざ、行かむ」と験者が錫杖《しゃくじょう》を突いたので、富久女は仕方なく従いて行った。――義満は聞いてごくりと唾を呑んだ。

「弥勒は、居《お》ったか？」

「それが、いつまで経っても、山道が終らぬのです。山の端は遠退くばかり。とうとう疲れ果てて、戻りまする、お説法は次の会《え》に致します。と申しました所、何度でも、代金を払い、精進潔斎して登るなら、少しずつ法莚に近づくことができるぞ、と申されるのです。その度《たび》、入堂料を払うのですか、と聞きましたら――」

うむ、そうしたら？　と義満は膝を詰めた。

「弥勒のご慈悲で〝京済《きょうさい》〟を認め、以後は半額とする、と」

男達は膝を叩いて、わっ！　と哄笑った。

京済（国元・守護筋を通さず、京都で貢納・決済できる制度）とは奇特な、何と愚かしい、笑える下生譚であることか。騙される方が阿呆なのではなく、この世に不幸が多すぎるので、未来仏を待望する気持が洛中に蔓延しているのを、臆面なく利用した、堕落僧や験者達の、悪辣なる奸計と思われる。

「『お匂い物売り』より、この『黄金《こがね》売り』の方が、少々仕掛が大きうござるな」

「いや、然し、初めから鈴蟲だけ売る方が、一手早いとも思われるが、如拙殿、宗祐殿、どうお考えか？」

近習二人は、僧達の詐偽行為を、手の混んだ騙しの技巧と世情の表層との関わりで見て、笑止の沙汰と放っておく所存の様だった。

義満一人が笑わず、中空を見て呆っとしていた、と思うと、突然ぽつりと、鯰の吟味を終えたかのように、如拙に問いかけた。

「如拙。蔵王権現《ざおうごんげん》というものの本体は、釈迦如来と千手観音《せんじゅかんのん》と弥勒菩薩だったな？」

「はァ――はい」

と頷いて、如拙は居住いを正した。近習二人にも、たちまち緊張が走った。蔵王権現という言葉は、吉野の蔵王堂（金峯山寺《きんぷせんじ》の本堂）の本尊を思わせる。そのあたりにこそ、（既に後醍醐帝は亡く、高師直《こうのもろなお》の兵乱で本寺は焼け落ち、今は再建の物とはいえ）弥勒は下りて来るにふさわしい。

もともと、弥勒は吉野の金峯山に下りて来る、と想定されている。人間は五十六億七千万年の後、弥勒が兜率天（弥勒浄土）から「下生」して、救済してくれるまで苦しみに耐え、不幸を地蔵菩薩に救って貰いながら生きてゆく。また人は「上生」して、弥勒が常住説法している兜率天《とそつてん》へ往生せんと願うものなのだ。――

さて、南国には南北合一の考えに服さない人は多い。正儀なき後も、楠木党は正秀・正勝を頭に抵抗を続けている。彼らは当然南朝の正統を守る役目を誇りとする。他にも南帝が頼りとする橋本・和田・越知《おち》・十市《とおち》らの他、地元の支援勢力である「吉野大衆《だいしゅ》」（土豪衆）もいて、彼らは王統の霊力を尊び、また自らは、この蔵王権現と千手観音と弥勒菩薩の加護を信じ、心の寄辺《よるべ》としている。

もし、彼らのいずれかが、都で起った弥勒下生騒ぎに関与しているのだとしたら、それは何を狙ったものだったのだろうか？　ありうるのは、同じく弥勒が下生して来た、と言っても、京の西山の方は偽物で、本物はやはり吉野の金峯山へ降りて来るのだ、という評判を作り出すための大芝居だ。南朝の優秀性と正統性を示唆し、北朝支持の幕府への不信感を醸成する仕掛だったのだ。要は、南朝方が仕掛けた人心攪乱工作である。

「それで、その連中は、その後、どうなった？」

「それが、行ってみましたら、小屋ごと、跡かたもなく消えていました。辺りは原っぱで、人影うすく」

「先程の話で、金覆輪の山の端の向うに黄金を敷いた土地がある、と坊主が言ったとのことであったが、それは、――行って見て、どんな風に美しいものであったかの？　浄土もかくや、と思われたか？」

「いえ、一向に。黄昏《こうこん》ばかりでございました」

「黄金《こがね》は？　この都に、黄金《おうごん》はふさわしい敷き物と思えたか？　京の都に、心の黄金はあるべきものと、其方、思うたか？」

「いいえ、黄昏で充分でございます――」

「我輩がこの京洛に、黄金の浄土を創ったら――のみならず黄金の楼閣即ち金閣を創ったら、其方、その浄土の池で舟遊びをするか？」

「解りませぬ。そんな結構な浄土とやらを、思い浮べたこともありませぬ故」

「ふん」

と義満は不興になった。この女は権力を怖れていない。帝力、何ぞ我にあらんや、だ。

――が、その時、義満の内部に、突然、ひらめいて来る啓示めいた光があった。義満は膳をがたりと揺らせて立上った。言葉が神の口伝ての如く、次々と出た。

「そうだ、これだ！　黄昏だ！　太陽だ！　太陽神の方が、仏様より、菩薩様より、如来様より強いのだ！　日の光の方が高く、大きいのだ！」

「殿！　お静かに。娘達が怖れておりまするぞ」

「その娘が教えてくれた、如拙！　『三教図』の事だが、日本には、釈迦・孔子・老子で描く態《てい》の他に、神様を上に立てて、下に仏教・儒教とやる輩もおるのだな？」

「おりまする」

「その場合の神とは、天照大神を先頭とする神々のことか？」

「然様、神話の神様たちでして」

「天照は太陽神だ。日本では仏・儒・道の上に、自然神の太陽がおわすのだ！　日本人の心には、もともと野山水辺に自らおわす親しい太陽神が居る。それはもう体質とか本質とかになっているものなのでな、それに比べれば、仏様も儒者も道士も、ずっと後に入り込んで来た新参の方々じゃ。それ故にそれらの教えが一致しようが矛盾しようが、全ては日本人本来の体質であり、精神傾向であり、理想である太陽神の支配下にある。全てを平等に、太陽神が照らしているのが、この国の構造だ。如拙！『三教図』の上部に太陽を描け！　これが本当の三教一致だ！」

「然《しか》し――」

「我輩《わし》はな、太陽の下に釈迦・孔子・老子のいる其方の『三教図』が出来たら、まず南・北朝廷の帝にお見せする。今は神の元に一つにまとまる時期でございますぞ、とな。それから、公武の好戦の輩に見せる。同じ日本人同士、一つの心性のもとに集り、力を合わせて平和と繁栄を作ろう、と。そして、最後に、中華の傲慢な使節・宋商、つまりは日本を属国にして支配圏に入れようとする大明の指導者達にこれを見せてやる。日本は太陽神の下に外来の政経手法や文化・思考や観念を入れ、全部受容し同化してゆく国であるから、お前達の侵略・支配は不可能だぞ、と教えてやるのだ」

「そげな大層な目的を持った画ちうものは、某の手に剰ります る」

「其方は政事上の効用の程など考えずに、ただ良い画を——面白い画を描くことを心がければ良いのだ。それを活用するのはこっちの裁量だ。世界一の塔を造って国力を内外に示すのも、同じ苦労だ。我輩は天に挑戦する高さだの、巨大な物を優美に造るだのという野心は持っておらん。ただ、この国を属国扱いしようとする中華の帝国や、自領の保護と領土拡大にばかり意を用いて国の統一をさまたげている分裂志向の守護共に、世界一とは何か、統国の中心とは何か、目に見える形で示してやろう、としているだけだ」

「解り申しました。では天上に太陽を入れまする。が、月も雲なきは厭にて候、と申しますゆえ、霞棚引く中から旭が照らす格好に至しましょう」

「うむ。次には金閣だ。これを公家と武家と仏家の間の均衡がとれた、この国の文化力を示す偉大な建造物に高める事業には、其方、同意するだろうな？」

「構想は面白《おもろ》いと存じますが、万貫の黄金を用いる事業は感心致しません」

「何だと？　何故だ？　金閣も楼閣の内だ。其方の好きな山水の一つだぞ」

「楼閣山水ちうものは、一見贅沢な、富と権力を象徴する人為の世界と映りますが、実は人がその境に入って心を展ばし、造化の天の心と一つになって遊ぶ自然の一部であり申す。俗世の勢力争いの向う側にある清浄世界なれば、政事や外交に携る者が文化力を確かめ見せつけるちう風な世界とは無縁であり申す」

「では、金閣の堂内を阿弥陀堂または観音殿とし、一番上を、そうだな、禅堂として地・水・火・風・空の謂《いい》とし、堂内外を黄金で装厳して俗人の立入ることを禁ずるとしたら、どうなる？」

「その場合でも、この国の黄金を使い果して作る、いう考えがある限り、真の作善《さぜん》とは申せず、功徳《くどく》はありませぬ。画にはなり申っさん。いや、描きたくないものでごわすな。僧の画、金殿を宜しとせず、でして」

「ううむ。またぞろ禅坊主の説経か。言いたいことを言う奴だな。要するに貴様は大塔建設にも金閣の造営にも反対なのだ。腹の底では濫費の危険をではなく、何か別の事態を怖れているな。それは何だ？　何を怖れている？」

如拙は詰寄られ、ぐ！　と黙った。が、すぐに言葉が口をついて出た。普段心に浮べている幻像が、天に促されるように、すらすらと言葉になり、虚空を駆けまわった。

「造化の主たる天帝こと帝釈天が、天の高みに挑戦し天空を汚す者を許さず、と都の空を守る千手観音を京に遣わしました。大地を支える鯰も又、世界一の大塔と百万貫の黄金の重しをかけてくる大君の都を許し申《も》っすまい。すでに千手の眷属の風神・雷神が都の空を駆けまわり、七重の大塔が出来たら、雷火で焼滅ぼそうと手ぐすね引いております」

「馬鹿もん！　そりゃ叛徒の言い分じゃ。御用画師の言う科白ではない。無礼な！　これ以上放言したらば手討に至すぞ！　全く、ど奴もこ奴もなっておらんな！　人の上に立つ者、人の生命を預からねばならん者の苦労を何と心得る？　誰一人として、この我輩の言うことに耳を傾けておらぬな！」

義満は立って、老練の高井の肩を摑み、「女将！　こっちへ来い！」と板間の中央の広敷へ連出し、突転ばして、後ろを振り向いた。

「歌を歌え！」

と女達全員を手迎きし、恐る恐る集る女達を前に、自ら阿弥を手迎いて、漂布《さらし》の条布を持って来させ、やにわに顔に巻き、目隠しをした。

「〝雉子も鳴かずば〟を戯《や》る。お前らは歌って逃げよ。我輩が射手《いて》をやる。誰かは、匂いで当てるぞ！」

女達はそろそろ集り、目隠しした将軍のよろよろと歩くのに連れ、わらわらと散った。高井の先頭で、女達は歌い、自在に踊り、途上、けーん！　けーん！　と将軍を誘い、近寄って来ると手を払い、尻に手を導き、さすらせながら、するりと身をかわし、踊る手足に戻って逃げた。鬼さん、こちら、と手を拍ち歌う歌は即興だが、街衢に流行る小歌や法文歌に慣う巧みさは、遊芸の発達に関わる食《は》み出《だ》し公家や偽坊主、悪党や遊女の「知性」の悪辣さを示した。

〽けーん、けーん！
毛、毛、毛！
雉子も鳴かずば射たれまい！
人も泣かずば産まれまい！
でーん、でーん！
尻《けつ》、尻《けつ》、尻《けつ》！

〽このごろ都に流行る物
夜討《やうち》・強盗《ごうとう》・偽菩薩《にせぼさつ》

火盗改め　鵺《ぬえ》退治
お匂物《においもの》売り　弥勒《みろく》売り
在々所々の偽画《えせが》会《かい》
鯰を描かぬ坊主なし
荘《しょう》　主《ぬし》望まぬ住持なし
〽下克上する土岐イヌも
山名も山イヌ慣らすとて
治世安泰お芽出たや
〽それ！
田《でん》、田《でん》、田《でん》！
たつ、たつ、たつ、たつ！
臀《でん》、臀《でん》、臀《でん》！
田《たつ》、田《たつ》、田《た》！
〽諸国の貢乙女《みつぎおとめ》揃え
これ新しき傾城《けいせい》と

危ぶみながらも田楽と
女陰《ぼぼ》は都に流行るなり

〽それ！
田《でん》、田《でん》、田《でん》！
たつ、たつ、た！
臀、臀、臀！
田《たつ》、田《たつ》、田《た》！

義満は酔いにまかせ、あっちへふらふら、こっちへふらふら、蹌踉《よろけ》の白足袋で女達を追い、手を伸し宙を掻き、不安な赤児さながらに触る物の全てに抱きついて廻った。女達は瓢《ふくべ》の丸みでつるりと逃げ、義満はあせりを狂乱に変えた。逃げ遅れた態の富久女の襟を摑み、小太りの胴を抱えた。「お前は福の神じゃ、武士の一所懸命を受けとめてくれる豊穣の女神だ。母なる大地ゆえ、泣いて子を産め、ついては御居処《おいど》を見せよ」

富久女がきゃあーっ！　と叫んで離れようとするのを、義満は床に圧えつけ、漆喰壁の土蔵の厚い大扉の前へ、とん、とんと蹴り様《ざま》、小袖の裾をさっと捲《めく》り、尻を出させ、四つに這わせた。

「逃げるな！　御居処を上げ、歌に合せよ。それ！　臀《でん》、臀《でん》、臀《でん》！　田《たっ》、田《たっ》、田《た》！　良いぞ！　尻を振れ！　谷間《やつ》を潤《うるお》せ！　今年も豊年じゃ！」

次に若い新造の初鶴を摑まえ、同様に扉の前へ引きずってゆき、素速く裾をたくし上げ、四つに這わせた。白い美事な両足の股《もも》と腱の絞《しま》りの良さは、この女が舞の適度な運動で身心の美を保っている証拠だった。

「其方は曲舞の名手ゆえ、足が見たい。だが太股は少し開いてな、御居処を見せい。立派な舞の仕種の時に、谷間がどのくらい磨《みが》かれているか、どんなに湿り、擦過の熱を立てているものか、どのように花咲き匂っているか、男は知りたがるものだぞ。構わず匂え！　その蜜は、我輩が後で舐めてやる。それ！　滲《しん》、滲《しん》、滲《しん》！　泌《ひっ》、泌《ひっ》、泌《ひっ》！」

三人目の万亀は、捕まってやるものか、と本気で身を引いていたが、老練の高井がここでも世話を焼き、鬼さん、こちら、兄さん、こちら、と手を拍って捕まえさせた。義満は欣喜して、ずい、と、身を引寄せ、胸一杯、その香りを嗅いだ。ばたばたと暴れるのを、羽搔い絞め、抵抗しなくなると、裾前を左右に開け、だが、先刻とは違い、より深く谷間を探検する視線で、顔を思い切り強く股の間に擦り付けた。「甘い水だ！　螢が沸くぞ！」それから尚逃げようとする万亀の髪を掴み、顔を袴の膝の間へ引寄せ、中で逸る一物へ圧しつけた。

「御身は誇り高い公家の生れの『尿恋』娘ゆえ世の全ての不幸な男共の五臓六腑を慰し、人生にツキを呼ぶお尿《しと》を与えてやれ。一瓢一銭の『お匂い物売り』を許す。ついては、汝の五臓六腑を清浄に保つため、毒消しの種子を播く。媾うて深く播く故、万亀、谷間を開け！　温かい慈悲を我に示せ。浄土をここに開け！　〃出せ！〃」

近習二人が、こぞって席を立ち、義満に走り寄り、両側から直垂の袖を把えた。

「殿！　お戯れが過ぎまするぞ！」

「良い加減に召され！」

義満は女の髪を把んだまま鉢巻を取り、両眼を見開き両肘を突き、近習を振りほどいた。

「ええい放せ！　我輩は今から地蔵になる！　今この大地がどのように香わしいか、地所がどのように湿って澎湃《ほうはい》と生命を育くんでおるか、嗅ぎ尽し、味わい尽す。何故、戦役の合間に街衢《まち》へ出て遊ぶのか、納得できるまで遊ぶ。――其処許《そこもと》らは、心して待て。控えよ！」

近習達は、膝に手を置き、苦々しく頷いて控えた。

義満は万亀を白壁の扉の前へ引き摺り、先の二人と並べ、四つに這わせ、襁褓を取る要領で手早く尻を剝き出した。万亀が縮こまって泣きながら、谷間の雉の隠れ処を次第に上へ向けるのを見て、老巧の高井も抵抗を止め、自ら三人に合せ、這って御居処を上げた。

「如拙！　こっちへ来い！」

如拙がそろそろ這い寄るまでに、義満は四人の女達を並べ直し、新たにしっかり裾を上げ、尻を上げさせた。瓢箪が四つもこもこと並んだ、と見える一瞬、如拙の襟を摑み、ひき上げると、どんと女達の方へ突きとばした。如拙はつんのめって危くつるつるの頭を、女の高い尻の中に埋め、自ら鯰になった如く女達の動きに連れ、ぐらぐらと左右へ動いた。

「女共、歌え！」

義満は女達が恥かしがり、恐れおののいて、「何をなさるのです？」「恥かしめは、どうか私一人に」と口々にせがむのを嘲笑い、叱咤して、尻を次々平手打ちした。「離れるな。坊主頭と其方等の尻で、一蓮托生になれ！」「そこらを這って歩け。舞台一杯に、丸く、ぐらぐら、ゆらゆら這え！」

「そんな、ご無体な」

と高井が逃れようとする尻を、義満は捕え、どっかと股がって、馬乗りになり、「さァ、どう、どう！　進め」と後ろ手に尻をぱんぱん叩いた。如拙は自分が突き込まれたのが、若い万亀の深い谷間《やつ》であることを「尿恋」の匂いで知らされた。

「地所である！　これが本物の地蔵菩薩！」

う！　と如拙は呻いた。目と鼻と口が女の谷間に埋まった。盛大な谷間の草萌えだが、その中に如拙を待っていて、受け容れようとする、おずおずとしたふくらみがあった。それは「一所懸命」の将軍や武士の世の温かい慈悲に満ちた幸福を認め、遊女も僧も共有しよう、という誘いの熱だった。この女は蕊の所で、義満の孤独を憐み、同情している、と如拙は感じ取った。

「如拙！　嗅げ。瓢簞になれ！　貴様は今から禁足だ。花の御所へ近づくな。寺にいて、相国寺の伽藍建設の役夫・人足に兵粮を食わせる仕事につけ。満腹の坊主は、我から万人の労苦の味を知れ！」

　万亀の若い小づくりな尻が赤くなった。富久女の尻は鷹揚だが、後ろから動きを追う義満の目には、ふっくりして筋になった会陰が他の女達のそれを引き連《つ》れて移る態《てい》に見えるだろう。――如拙は女達の谷間を這いながら、豪華な会陰の居並びを手中にした義満の「幸福」を忖度した。巨大な桃の谷間に瓢簞が生れ、そこから「幸福」の蝙蝠が沸き立つ様子であったが、それらの幸福の鳥達は、すばやく遊女達の孤独な女陰の故郷へ戻って行く淫らな都鳥であった。女達は這いまわりながら、その息の中から誰が唄い出すともなく懸命に唄い出した。

〽忍ぶ軒端《のきば》にひょうたん植えてな
置いてな！
這わせて生《な》らすと
心に連れて！
ひよひょら、ひょらひょら
乱れ心　絡《から》げてよしなや
おもしろや！

義満は女達の尻に股がり、如拙の頭との並びの山を、右に左に移動しながら、つるつる、ころころ、と撫で廻し、大鼓《おおかわ》を打つように、腕を振って、ぱーん、ぱーんと叩き続けた。
「これぞ、瓢簞鯰！　如拙！　今度から、これを画にせい！」

7

将軍義満が南北両朝合体工作の最前線に大内義弘を送り込んだ策は成功した。山名討（内野の戦）の後、山名一族の旧領だった和泉・紀伊を大内義弘の守護する所とし、河内・山城を畠山基国に守護させたのは南北合体を睨んでの布石だったので、大和（吉野）の南朝は、北朝（幕府）側の大勢力に囲まれる形となり、南朝を支持する楠木・橋本・和田の残存勢力、越智・十市らの国人衆は、次第に力を失って行った。

この情勢下でも、南朝の後亀山天皇は、南北和議の呼掛に応じなかった。それは支援する軍勢の優劣や休戦の条件が受諾《うけい》れ難いというだけではなく、もっと根深い心性・美意識の問題、即ち、皇統の継承に関わる問題で、南北両朝廷間に合意が成立っていなかったからだ。義満はこの点を重視し、合体工作の要は、この一点、即ち皇統の対立をどう解消し、どのように両統が各々の正統性を守る形を作れるかにある、と考えた。皇統は旧い祭政神祇・儀礼の伝統を保ち、武家の想像力の及ばぬ「霊統」文化に属している。義満はそこを良く弁え、神祇の伝統には触れぬ心懸けだった。ただ、皇統に大覚寺統と持明院統が交互に皇位を継承して来た経過があることを尊重し、後醍醐帝以来、南朝は大覚寺統、北朝は持明院統だったので合体後は両統が交互に皇位に就く形――即ち「両統迭立《てつりつ》」の方式――を打出す事で双方の正統性を認め、和解を促した。

この対立は所領・荘園の管理・運営の権利をめぐる対立とも絡むものだった。義満はそこを承知し皇領や院庁関係の荘園が多く押領されていたのを糾明し、殆どを武力の恫喝を用いて安堵した。これは北朝の官人たちにとっても良い施策だった。先に義満は後円融帝との間に、三条家の姫を巡って事を起し、また、按察局《あぜちのつぼね》との交遊が行き過ぎて帝に痛手を与えるなどの事件を起したが、その渦中に産れた後小松帝が（後円融の譲りを受け）永徳二年（一三八二）践祚《せんそ》し、今は朝廷の中心である。南北朝廷が和睦し、合一する、となれば（対立攻争の過程で南朝側に移った）三種の神器は、南朝の後亀山天皇から、北朝の後小松天皇に返還される形となる。神器の還御を許さずとする南朝の公家方や、南軍の諸家を追払い、無事に京の宮廷に届けるだけの大軍の護衛があれば、だが。――ここに南北対立の長い歴史を総括して、大内義弘・畠山基国の大軍勢数万が取り囲む中で、南北合体劇が進行する理由があった。それは、悉皆北朝の軍事的優位の中で、南朝の文化伝統と神祇の正統性を認め、両者対等の誇りを保って、今後に賭ける、微妙な、危険な妥協劇だったのだ。

合体工作は大詰めに来た。大内義弘はこの交渉を成功に導くべく、京都と大和の間を大軍勢を動かして往復し、交渉に当る南北双方の公家や神祇官の往来を助け、必要な書類文物の往還に当った。南朝後亀山天皇がついに折れ、皇室・宮廷の京都帰還の事が定められた。神器渡御の段取りとなり、南朝側から吉田宗房（前右大臣）・阿野実為（前内大臣）が、北朝側から吉田《よしだ》兼熙《かねひろ》（神祇大副）が出て、神器出発の佳き日を占定した。明徳三年（一三九二）十月二十八日、南朝の後亀山天皇は廷臣・宮廷人士と吉野の行宮を出、橘寺、興福寺を経て、北朝差し廻しの鳳輦《ほうれん》に乗り、京に入り、嵯峨の大覚寺に着いた。二日後、勅使・廷臣の出迎えを得て、三種の神器が土御門内裏に渡御し、後小松天皇に奉じられた。南北朝廷の合一は、こういう微妙な、危険極まりない妥協の儀式の内に実現した。両朝対立から五十七年を経ていた。

大内義弘と畠山基国の軍勢が見守る中、古びた鳳輦につき従う廷臣・公家の装束は草臥れていた。直属の警固に従う衛士は、年老いた武官・御随身を含め数十騎しかいなかった。この様子を見て、人々は過去六十年近く、何を相手に戦っていたのかと暗然となったが、如拙はいっこう驚かなかった。

彼らが見すぼらしく精気を失って見えるのは、戦闘に草臥れ、支えの楠木党や和田党などの南軍から離されてしまったからだけではない。彼らが依り所とし苦労して保って来た南朝の「霊力」が、既にして京都へ移っており、この「魂の移座」こそが彼らの身心から張りを奪い、精気を失わせている要因なのだ。ただ、両朝から神祇官が出て三種の神器を移行させた経過を見れば解る通り、この国が「神」の国として、その下に公家・武家・僧侶そして、衆庶の民のいる国であるという認識の公明さは確かだった。この国は「太陽神」のもとに統一されたのだ。「三教図」の時代が来る、と如拙は大内義弘が大軍勢を率い馬上に号令しつつ、全山落慶成った相国寺の門前を通過する姿を見上げながら思った。

応永元年（一三九四）、義満は長子義持を九歳で元服させ、将軍を宣下し、自らは征夷大将軍を辞して、宮廷政事の極官である太政大臣に任じた。この年、次子の義教《よしのり》（生母は義持と同じ藤原慶子）と、義嗣《よしつぐ》（生母春日局）が産まれた。三人とも正室の日野業子の腹でなく、その姪の康子の腹でもなかったので、業子か康子に嗣子を産ませて外祖父家として権勢にありつきたかった日野家の人々は口惜しがった。が、義満は三子の家筋の事を一向気にせず、ただ武家の棟領であり、宮廷政事の一環をも担う立場に立った者として、後継者に相応しい資質が、どのようなものであるべきか考える齢になっていた。

長子義持は、義満の理知と少年のような正当一途の感受性と実行力を継いだかに見え、二子の義教は義満の癇症と猜疑と残忍な政事力を継ぎ、三子の義嗣は義満の優雅と円満具足の情緒趣味を継ぎ「行装、花の彩香」と称えられる貴族面を生れつき備えている。そこで、むしろ将軍の後継には、この義嗣がふさわしいのではないか、という評判になった。義満自身、美肌のふっくらとした貴公子の義嗣を殊の他《ほか》愛し、一見痩せぎすで凡庸に見える長子の義持をうとんずる所があった。

だが、如拙は義持の大人しい凡将面《づら》の奥に隠された賢い、純粋な感受性と、傑れた理知的判断から来る表現の鋭い伸長性を見抜いていた。この方が父親より余程筋が良い。——義満が自ら描くとなると、一向概念的な描き方しか出来ない（書は和様を摂り容れて、決して悪くない）のに対し、義持は生来の颯爽と空間を切る（宋朝風の）筆線を持っている。「美」は獲得し収集するものだ、という父親の性向に対し「美」は「素」（白）の空間の中に自ら天地を劃し、生み、育てるものだ、という感覚を、子供ながらに身につけているのだった。

如拙は七重大塔と金閣造立に賛成せず、天の造型に叛く者として義満を見下したので不興を買い、一時は「花の御所」への出入を差止められたが、絶海のとりなしで今はまた御所に参上している。

「向後はこの義持に教えよ」

と義満は如拙に申渡し、自らの美術制作に関わる諸道具や文房四宝も、「花の御所」の画庫に蓄えられた宋元の名画も、やがては長子義持に譲る所存を伝えた。

それから、懸案の鯰の画の制作を、義持に移譲する、と言い出した。義持の方がこの題材にふさわしい。京都有事の記憶や政事的思惑を棄て、瓢簞で鯰を捕えるとすれば如何、という禅宗の公案を描く画にしてしまえば、如拙も描きやすいのではないか、と。

如拙は喜んで、瓢鯰図を工夫しながら義持の画事の面倒を見た。引続き将軍御用として、鹿苑院を通じ禄が給される点は変わりない。聡明な義持の、まだ正式の読書始も行われぬ前に「将軍の嗜み」の育成の相談に与る事になったのを、如拙は幸運に思った。

――奇貨、居く可し。

とは、これを言う。義持は将来この世に大益をもたらす器だ。

義満は土岐・山名を誅伐して守護抑制に成功し、佐々木（導誉の子）高秀も没して、妨害勢力が失くなったところで相国寺を完成させ（春屋も義堂も没した後、義満の後見に当っている）絶海中津を住持（六世）とし、遂に南北朝合一を果して極官の太政大臣に昇りつめた。ところが、その翌年、応永二年（一三九五）六月、突然この位を辞し、出家してしまった。誰にもその理由は解らない。武家方も宮廷の人々も大いに驚き、あわて、後小松天皇は「室町第」（「花の御所」）へ「俄行幸《にわかぎょうこう》」をして、義満の出家を留めようとしたが、いっこうその決心は揺がなかった。

出家名「天山道有」（のち「道義」）。衣笠山の麓の、もと西園寺家のあった所に、自らの山荘「北山第」を造り、そこを終生の隠居所とし、正側室らも移して、生活の本拠とするという。それなら寝殿・会所に持仏堂位の規模かと思うと、護摩堂《こまどう》や懺法堂《せんぼうどう》まで造り、国家の安寧・壌災・怨敵調伏の祈禱をも行い、主上や公家・権門僧徒の来園、遊覧を得て、詩歌管絃の遊びも出来る、優雅な浄土庭園を設えた、広大な山荘を造るのだ、という。

政事から手を引く訳ではないのだ、と判って、人々はほっとしたが、出家後の諸大名を集めての「引見」で、義満の意図が示されると、諸将には、また新たな危惧と、恐怖が生じた。義満はまだ若い義持に政務を譲る訳にはゆかないので、引続き政所の行政、侍所の評定（軍事・裁判）、問注所の訴訟（民事）の全てを管領・頭人・奉行人の上に立って差配する他、大明国、李氏朝鮮国との外交の指揮を執る、という。要するに「院政」の形をとるのだ。

御一門に守られ、獅子王と言われながら、なお猜疑心強く「偉大な統一国家の首領」にならねばならないという強迫観念に捕えられた孤独な青年宰相が、遂には「法王」＝「全一者」の権力を求める所まで来たのだ。これはかえって危い話だ、と如拙は怖れた。人が人の土地を押領する国――それがどっちの土地かと判断するのが為政者の仕事であるような国――では「全一者」の存在を支えるのは、天の神と、地の鯰だけだ。義満が今から「土地」や「富の分配」の観念を離れて、清浄な美の実現に向うことが出来るだろうか、と如拙は危惧した。

明徳四年（一三九三）、義満は相国寺の東、禁裏（御所）の北に、七重大塔を建てるべく、立柱の儀を行った。完成には数年を要するだろう。

大塔と併行して、北山第に造りはじめた金閣は、造型美の基礎に社会的階層（公家・武家・僧家）の妥協の感情が見られた。実際その初層は阿弥陀堂法水院、二層は和様寝殿造風の観音殿、三層は禅宗様で究竟頂《くっきょうちょう》という。細身の柱だが、壁面・扉から窓桟に至るまで金箔を貼り巡らすという。この途方もない贅沢、濫費を通り越して狂暴とも言える権力行使に、公武双方の人々は驚き、あきれ、憤怒に駆られたが表立って諫《いさ》めたり、制止したりする人はもういなかった。

ただ一人、大内義弘が、義満の行状を咎め「諫言」した。国家安泰のためというが、個人の隠居所であり山荘である限り、そこでの祈禱も大法《たいほう》（修法）も、義満個人の息災や安寧を祈るものになりがちだ。怨敵調伏も、国家の敵でなく義満と足利幕府に敵《あだ》なす者を討伐する修法に他ならないのではないか？　それでは、公家衆も守護方も従いて来ますまい、と。

「万人を労せずんば建つことを得ず」

南北朝合一の立役者とも言うべき義弘にこう言われて、義満は戸惑った。大内家が将軍と幕政そのものに批判と反感をつのらせていると猜疑し、怒りを発したが、謀反の心ありと認めるにはまだ早く、暫く様子を見よ、と幕閣に命じた。

義弘はこういう危険な状況の中でも、可能な限りの忠節は尽そうと、海外貿易の利が上る度、良質な唐物・絵画を選んで将軍に贈った。父弘世の時代に比べると義弘の贈呈品はぐっと信用を増した。

折から、義満の目に、九州の情勢が急を告げた。九州探題の今川了俊が、博多貿易の利益を独占しようとする態度が明白になった。義満は今川の独行を許さず、応永二年（一三九五）八月、了俊を召喚し、幕府への忠誠を誓わせる形で、遠江半国守護に補任し、また、十一月には駿河半国守護に任じ、京から下向させた。

これを見て、幕閣・昵懇家中にも、国中の守護方にも、戦慄が走った。九州南朝攻略の功臣であり、九州平定に与って戦功第一の了俊をも召還、領地を換えてしまう義満の「果断」！　果しない猜疑が現実処理に向った時の、小児の残酷めいた非情さ。土岐・山名に続いて今川まで！　この分なら大内も遠からず殺《や》られる、と人々は息をひそめた。義満は初めから、その腹だったのか？　今川も大内も、働かせるだけ働かせた後は、大きくなり過ぎる危険性が現われた所で制御し、権限を奪い弱体化させ、場合によっては——「潰《つぶ》す」。

「狡兎《こうと》死して、走狗《そうく》煮らる」

とはこれを言う。

幕府のそういう意図が判っても、義弘はなお自分の「領国造り」自体が、幕府の警戒の一番の対象になっているのだということを知らなかった。豊かで平等な国を造る構想、山口を小京都とする「故郷」を造成する夢が幕府の「抑制」「淘汰」の対象になるのだ、という現実を認めなかった。幕府が不興なのは、海外貿易の品目や取引量の報告が不誠実に見えたり、高価な唐物を一部将軍に献上するについて、本当に良い物は今川と大内が獲得してしまい、将軍には二流品〈偽物と言わないまでも品第《ひんだい》〈評価・格付〉の低い物や、倭寇や海賊の移入品の上《うわ》前《まえ》をはねた物など）を届けている（と誤解されている）状況を原因とするのだろう、と。

ところが、義満が大内を警戒し、少しずつ猜疑をつのらせて来た本当の理由は、その「領国」支配――領国を自分の国として一円支配し、独自の繁栄圏を造ろうとしている意志そのものにある。幕府はこれを「分権的権力」と言って危険視する。幕府が造ろうとしている国《くに》や都から独立独行する形で、もう一つの故郷《くに》や、幸福の小都を造る構想は許されないのだ。為政者が目指す尭舜の治世――撃壌歌世界というものは、天がその権限を与えた者達にのみ許される経世の理想であり、権力を獲った者にしか許されない「未来像」なのだ。――「分際を知れ」というのが、義満が大内義弘に求める本来の「忠節」だった。「美」を創ること。

――それが謀叛だ！

義満はそう思い、いつかはきっと、最大の友人である大内を討たなければならない時が来る、と心に決めていた。

最後の詰めの時が来た。

今川了俊の後を継いで九州探題となった渋川満頼は菊池武朝、少弐貞頼ら南朝残存勢力の反攻を受け、苦戦に陥っていた。義満は大内義弘に命じ、渋川満頼を扶けて、再び北九州を平定して来るように言い、義弘の出方を見た。義弘は、幕府の罠にはまるなという側近の忠告を知りながら、敢えて「道義」のため出陣した。南北朝合一の節儀を守り、国を鎮め安定をもたらすことは、大内家の責務だと。

応永五年（一三九八）十月十六日、和泉（堺城）を発した大内軍は、周防・長門を経て三万に膨れ上り、九州に侵攻した。

8

大内義弘を九州征伐に遣った留守を狙うかのように、大御所義満は北山第の整備を進め、応永五年（一三九八）暮までに金閣を建立、明くる年正月、北山第に諸将を招び、雪見の宴を催した。金閣の壁面に、雪松の影が移ろうのを見て、諸将は義満の政事が完成に向うと同時に、建築の美が常に崩壊の予感を合せ持つことを感じとっていた。

五月になり、とうとう七重大塔が完成した。相国寺の仏殿・法堂を含む大伽藍は、塔の麓に当り、そこから見上げると、逓減の割合の大きい七重の屋根々々が争いながら懸命に伸長して小山を成す様子が良く見えた。近すぎて高さはあまり感じられず、方一町に及ぶ土壇と下部建造物の巨大さが人を圧迫した。地下の大鯰がついに現われ、逆立ちして竜になったのだ、と如拙は怖れ戦きながら、天を突く人間の傲慢を打砕くべく、早くも風神雷神が尖塔に舞う姿を見た。

その同じ五月に結崎座の三郎元清（藤若）が、北野社近くの「一条竹の鼻」という所で、猿楽能を勧進したいと申出て来た時、義満は喜び、これを諸将の足利政権に対する忠誠度を計る好機と見て、桟敷奉行に細川満元・畠山基国・赤松義則の三人を当て、仕事を競わせた。桟敷奉行は興行主として将軍・貴顕の「御覧」に耐える舞台を設営し、能楽師に「役料」を払い、「装束給わり」用の豪華な能衣裳を誂え、褒美の扇や宝飾品を調達しなければならない大役で金銭負担が大きい。が、奉行に当てられた三人は、巧みに義満の意図に合わせ、造営負担を臨時の公事調役と心得、織屋や箔師や扇屋・大和絵師にも金（鳥目《ちょうもく》）をふんだんに播いて味方につけ、立派な舞台を作って将軍の試問・検視をくぐり抜けた。義満の猜疑と「廻国」「巡検」の罠にはまらなかったのだ。

事故は義満の側に起った。

興行二日目、大御所義満と若将軍（まだ幕閣の僉議《せんぎ》にも加えて貰えぬ十三歳の少年）の義持とが、揃って臨席し、正面桟敷席で、三郎元清（藤若）の艱難《かんなん》を乗超えてすっかり大人になった舞台姿に見入っていた。義満は出家して禅僧天山道有となってからも華美な装いを好み、僧綱衣《そうごうい》に金襴の横披を懸けた高僧姿でかつての「行粧、花の彩香」に負けない豪儀を保っていた。義持は折烏帽子に直垂の、堅実な武家姿で、「読書始め」の以前から漢籍や書画に親しみ、画事では、日毎に大人の技巧を現わし、四書五経の学問も自ら始めている利発さを容姿に示していた。如拙は三郎元清（藤若）の新作の動向が気になり、そっと舞台を観に来、竹矢来の外の老若衆庶に混り、一部始終を見ていた。

演目は義満の好みに合わせた装束豊かな修羅物が多かった。ただ、武将達の霊は、仏法（僧）の供養か「芸術形式」（笛の音〈敦盛〉・琵琶の調〈経正〉・和歌の構成〈忠度〉）によって救済されてゆくようであった。現実の天下は小さく芸術の天地は大きいということを当の義満に堂々と示す藤若の勇気に如拙は感服し、また大人になった藤若が義満を置去りにして美の法門に近づく危険を曲が進むごとに緊々《ひしひし》と感じ取っていた。

二日目の中程、大御所義満は珍しく「不興」を現わし、演目の中途で「後はまかせる」と義持に言い置いて席を立った。背後に並んだ貴顕の牛車の轅《ながえ》が輻輳する中を背を丸め老屈の僧まがいに進んで、控の幔幕の内へ入った。如拙はあわてて見物衆の後ろを廻り、警護の走《はしり》衆《しゅう》にはばまれながら、幔幕の脇の義満の乗物である輿の様子を見届けようとした。義満の輿に、僧衣に白覆面の人物が乗り込み、その輿の長柄を白張装束の力者が抱え持ち、何人もの走衆が囲み、更にその周りを数騎の騎馬武者が護衛する行列が出来、あれよ、と見る間にずんずんと出て行くのが見えた。人々は（多分北山へ帰るのだろう）行列を追って、大騒ぎで従いて行った。

群集《ぐんじゅ》の人々が散り、警護衆や牛馬や力者達ばかりになったかの様子を見定めて、もう一度脇正面の見物衆の所へ戻ろうとした如拙の脇をかすめて、静々と数騎の騎馬武者が街へ出て行った。その先頭は先刻輿に乗込んだ人物とよく似た小太りの身体つきの、同じ様に白覆面をした人物だった。だがこっちは歴とした高位の武士らしく、総小紋の直垂に実戦用の太刀を佩いた精悍な姿だった。一見して、如拙はこの白覆面が義満本人である事を認めた。両脇をかためているのは、義満の外出に長年付き添って来たご近習である。先に輿に乗って出たのは、替玉の弟満詮《みつあきら》であろう。満詮は兄義満と似た形姿を生かし、暫々、替玉を務める。また、義満が街衢遊びで破目をはずし、あちこち迷惑をかけてしまった時、翌日、金品を持って謝りに廻り、将軍の信用を取つけて来たのも、この弟である。

街衢へ出た白覆面の義満がどこへ行ったのか、同行の騎馬武者数騎の他は、誰も知らなかった。

如拙は脇正面に戻って、義満退席の後の桟敷の様子を見た。若将軍の義持は端然と自らの位置を保っていた。今日のお相伴衆というべき青蓮院の門跡も、聖護院の院主も、そのまま観劇の座に鎮座していた。

如拙は一条竹の鼻の桟敷を離れ、東へ路をとり相国寺の住房へ戻った。途中、油小路の絵屋喜見太夫の「見世」で、顔料を数種買い街衢中《なか》を歩いた。小商いの見世が多い賑やかな通りの外れに築地塀に囲まれた、桟敷庭風の空地がある。四合院《しごういん》風の「町《ちょう》」が中庭を囲み井戸を共有する住い方の多い洛中では珍らしい、通りに面した広場だった。白壁の塀に立看板があって、人だかりがしている。その脇に遊女らしい小袖の娘が数人、捕えられ、引きずり出され、また、蹴転ばされた様子で、わァわァと声を立てている。捉えて鞭を揮っているのは、「佞坊《ねいぼう》」という、義満の私党（私的傭兵）で、此頃街衢にあふれ出した「悪党」の新種であり「ごろつき若衆」の類である。

義満は往昔の入道相国（平清盛）が、髪を禿《かぶろ》に切廻した赤直垂《あかひたたれ》の童部《わらんべ》三百人を京中に往還せしめ、平家を悪し態に言う者を「搦《から》め捕って六波羅へ率《い》て参る」という風な非道な、だが視覚的に美しい計り事をしたのに習い、同じ「相国」として、飢饉の度《たび》に湧いて出る「道の童」（浮浪の児童）の内、美形の者を取揃え、髪をさんばらの童形にし、追捕《ついぶ》や懲罰の汚れ仕事に適した袖細《そでほそ》（筒袖）に四幅袴《よのはかま》・白脛《しろはばき》姿で、鞣革《なめしがわ》を把手に巻いた竹鞭を持たせ、洛中を横行させせた。――いま、そういう佞坊が辻の遊女を引っ立て、広場の草叢に蹴り込んで「取調べ」をしている所だ。

「何ばしよっとか？」

如拙は人々の背後に歩み寄って聞いた。水干小袴《すいかんこばかま》の、街衢《まち》の商人らしい男が、得意げに事情を説明した。――今しがた、広場の向いの、遊女屋（立君《たちぎみ》の見世）の厨口の木戸を押し開けて、三人の武家らしい男が飛び出し、「やれさ、ほいさ」「ほいやれ、ほいやれ」と木の立看板を空地に運び込み、築地塀にどかっと立て掛けると一目散に逃げ去った。人々が何事ならんと看板に群がり、遊女達も出て来て、男達が何を仕出かしたのか、と覗き込む所へ、丁度、警邏中の侫坊の一行が差し掛った。すると、侫坊の暴力を恐れた白鉢巻の街衢の女が、看板は遊女が立てさせた物だ、その文句自体遊女の戯れ言だ、と密告《つげ》口した。侫坊の一行は遊女達をいっせいに追捕《ついぶ》した。男達の名を告げよ、としきりに責めるが、女達は初めての客で、名は知らぬ、と言い張る。

人を逮捕して取調べるのが嬉しくて仕方のない侫坊達は、隠し物を出して見せよ、と懐を探り、帯紐を解き、素足を悪戯に突つき、いたぶるので女達は恐怖に罹られ悲鳴を上げているところだ。――

「で、その、看板いうのは？」

「あれだよ」

男が指差す方向、野次馬の肩越に、大きく切妻型の、だが如何にも都の木材不足を告示する様な古材の立看板がある。如拙は歩み寄って、人の肩越しにそれを見た。

町告れを拭き取った上に、新しく、墨痕鮮かに大きな行書体の文字が踊っている。

都には
檜《ひのき》・杉の木
盡き果てて
なげきでつくる
相國寺かな

——何と、危い連中よ！　と（相国寺僧の）如拙は胆を冷やして、その板面に見入った。墨痕鮮かな書体が青蓮院流《しょうれんいんりゅう》の和漢融合体なのを見れば、書きつけたのは公家連中だろう。女達が客は武家だった、と言っている限り、田舎武士の直垂小袴と侍烏帽子には、間違いなかった。とすれば、「公家が揶揄《からか》い、武家が恨む」幕政の過酷を両者共闘で「歌」にし、巷の噂にしようと企てたものに違いない。

「吐け。男共の名を言え」

見ると、特別色白の瓜実顔（貴族面）の（佞頭《ねいとう》＝頭目らしい）少年がいて、興奮に頬を上気させながら、年増の、多分妓楼の主らしい女を横坐りさせ、太股《ふともも》を突いて、責め続けている。

「武家というだけでは、判らぬ。何れの家中の者か？」

「知りませぬ。酒を少し召されて、帰り際に裏木戸の所で、何やらごそごそ相談していやはると思うたらこの始末です」

「看板は、あらかじめ持ち込んでいたのだな。見なかったのか？」

「気づきませなんだ。――用心棒の牢人衆が、今日に限って、近所の算木師の占いが良ォ当る、いうのを見に行って、留守やったもので」

「歌はどうした？　あらかじめ書いてあったのか？」

「判りませぬ。私《わて》らは歌を解しませぬ故」

「ええい。じれったい。ここは木戸構えも上等な敷居の高い見世ゆえ、歌のやりとり位はあったであろう」

「い、いえ。そんな。――ここは早よ寝々せい、の家で」

「ならば、料金はどうした？　払って行ったのなら、それを見せい。確かなお鳥目であったろうな？」

「はァ、いや、それは――」

妓楼主の年増女が、ふと答に詰まった。「お銭《ぜぜ》の替りに、画を――」

尻を並べた女達の、腰裳の紐に、折り畳んだ杉原紙《すいばら》が隠されているのを、一人の佞坊が発見し、毟《むし》り盗《と》って、佞頭の所へ持って来た。「お頭！　銭《ぜぜ》替りの画ってこれじゃありませんか？」

「何だって？」

佞頭が気味悪げに受け取り、急ぎ見入った。他の佞坊達も、各々女達の隠し持っていた画を襦袢や腰裳の紐の間から抜き取り、持ち寄った。どれも、鯰が描いてある。形は各々違うが、皆悠々と泳いだり、ぬるりと身を反らせたり、どってり蟠ったりしながら、自由の身を謳歌している。

「鯰か。――おい、寝々のお姥《ばば》よ。これは誰の画だ？　言わぬと尻を剝《む》いて打《ぶ》つぞ」

佞頭の韃の威を前に、怯え縮こまっていた女将がたまらず口を開いた。

「申します！　申します！　それは相国寺の大巧如拙と仰言る大樹様ご昵懇のお坊様の画で

す」

「何、――如拙？」

佞頭は看板の文字と墨色に目を遣った。脇の佞坊の差し出す鯰の画を、一枚一枚、繰って見直し、それから遊女達の身体を取囲む仲間達のそれこそ鯰の様な群を見下した。

はて、そりゃどういう事態だ？　と疑う顔になりながら、まさかと思い直し、誰に言うとなく、鼻で笑った。

「まさか、あんな――女郎の尻《けつ》を啣《くわ》えさせられても怒りもせずに、義満公にくっついてゆく、我らより余程《よっぽど》諂《へつら》い者の画描き坊主を、立看の犯人と疑う訳にもゆくまい。今日び、このあたりをうろついてでもいれば別だが」

という佞頭の言葉が終らぬ内に、如拙は後ろから襟首を摑まれた。

「その、まさか、やぞォ！」

如拙は先刻からそっと身を引込め、この場を立ち去ろうとしていたのだが、そうはゆかない。相国寺へ出入りしたことのある商人や職人は、如拙の顔を見知っていて、こんな時、不意の密告者となり「正義」に味方するのだ。顔料の紙袋は、布で包み、大袋にして肩に担いでいたが、やにわに入り込んで来た連中に囲まれ、取り上げられた。

如拙は佞童——一味の中では一番幼い口だが、身体は大人で力は強い——の手で美形の佞頭の前へ曳出された。佞頭は子供の想像が大人の現実になったのを見て、喜びを隠さなかったが、その口調には、御用画師という、「将軍の飼犬」に対する嫉妬と強い反感があった。

「お主、何でここに居る？」

「お遣いの帰りじゃ。この辺りには、絵屋も筆屋も、紺屋も多いでな」

「この画は、お主のものか？」

先刻来の問題の画の束を、佞頭は如拙に押しつけた。如拙は受けとり、一つ見て、あ！と心中で叫んだ。これらは皆、七重大塔建設に、守護方の触れに応じて集まって来た人足衆が雇用期間が終って国元へ帰る時、些かな給金だけで放り出され、土産も買えぬ、と嘆くので急拠小画を描いてやり、これをさる所の遊君の所へ持って行って、如拙の画だと言えば高く買ってくれる。その銭《ぜぜ》で遊んで帰れ、と渡した物だ。それが、廻り廻って武家の手に入り、遊女に渡って今、ここにある。——如拙は危険を感じ、しらばくれた。

「確かに儂《わし》の画だが、はて——いつ、どこで描いた物か、覚えがないなァ。さァ、この手を放してんか。儂は何の関わりもないっとよ」

「そうはゆかぬよ。お主の描いた画を懐《ふところ》にした者達が、この看板を立てて逃げた。その看板の前で、お主がうろうろしていた。これが偶々《たまたま》の事と言えるかね？」

「そうだ！　悪事を仕出かした者が、現場に戻る、という奴さ！　犯人ではなくとも、共犯者だ！」

「離せ、ちうに！　無体は許さぬぞ」

「かまわぬ。捕えよ！」

佞頭は鞭を振り上げ、如拙の胸を搏った。

「己《おれ》やな、元からお前を将軍家に巣くう獅子身中の蟲と見ているんだ。この際、逮捕して本音を吐かせてやる」

佞頭は如拙から画の束を取上げ、ぱっ！　と頭上へ投げた。鯰が虚空に散り、ゆらゆらと舞い降り、地上の着陸点を求めてあちこちへ這った。——途端に如拙の目に、啓示の如く飛び込んで来る光と影と形とがあった。鯰がぬめる。が、一番美しく自由なのは逃げる鯰、もっと自由になるぞと身をかわし、出てゆく鯰だ。去らせる鯰が、今、自分が一番描きたい瓢と鯰の構成の主役となって姿を現わしたのではないか！　捕えようとするからいけない。圧し出し赴かせるのが良い。泱々《おうおう》の大水へ！　鯰は本来泥水の中だ！

「解った！　出来たぞ！」

佞坊に捕まり、執こく絡まれる危険な情況下で、如拙は鯰の造型の行末を見定めた。佞坊が教えてくれたのだ。

佞坊達は意気軒昂としている。

「坊主百叩きは王者の道！　皆、歌え！　我らは叩く！」

如拙は突き飛ばされ、蹴転ばされた。佞頭は鞭を振って、如拙の尻を打った。女達が縋った。

「お止め下さい。見苦しうございます。それなら、私ら《わて》〝道の童〟上りの端女《はしため》から先に！」

「な、何だと、この女郎。そういう言葉をめったに使うものではないぞ。それならお前等も一緒に叩く！」

「うわぁ――！っ」

女達がいっせいに逃げ惑うのを、佞坊達は歓喜して鞭を振い、追い廻した。

突然、あたりが静かになった。佞坊達は如拙から離れ、僧衣の襟首を捕えているのは、佞頭一人になった。

何か張りつめた気配があり如拙は佞頭と一緒に背後を振り仰いだ。夕暮時の黄昏の横斜を、金覆輪の縁どりに受けて、騎馬武者が数騎、黒々と広場を取り巻いていた。その背後に更に何頭かの騎馬の兵が集って来た。中央の武者は白頭巾で、騎馬戦用の太刀を佩いた小太りの貫禄に「凄み」がある。粛然と「憐れむように」佞頭と、佞坊達を見下ろしているその姿が先刻街衢へ出た義満であることを如拙はすぐに察した。武者の集団は、厳めしさより、俊敏な機動力を示し、屈強な意志力を結集した猛犬の集合の姿に見えた。佞坊達はいっせいに居《い》竦《すく》んだ。どんな乱暴者の集団でも、どんなに多くの捜査権限や逮捕権限を義満から与えられた者達でも、正規の侍所や奉公衆の軍兵には敵わないことを知っているのだ。

武者が馬を進め、つかつかと佞頭のま近へ寄った。人々はどよめいて、四周へ退いた。

「佞坊主、手を離せ」

冷静だが凛乎とした「大人の武家の」声が降った。

「そのお方は、大樹義満公の書画の指南役大巧如拙殿である。それと知っての狼藉か？」

「知らいでか！」

佞頭は如拙の襟を把える腕に力をこめた。

「逃げようとするから身柄を確保したまで。何ならこの男の罪状を、過去から現在まで、数え上げて進ぜようか？」

「説教は要らぬ。ただちに、手を放し無礼を詫びよ」

「誰が！　たかが画の師匠だ。北山の唐物も花の御所の画も、今からはご同朋の阿弥殿が扱う。大樹が隠居した限り、如拙など疾うの昔、用済みの穀つぶしになっているんだ。とっとと、都を出て行け！　もともと足利家にとって、こ奴は獅子身中の蟲だ。大樹も本当は気づいていているんだが、絶海中津だ何だとお偉い方々が生命乞いするから、生かされているだけの話《こと》さ」

「黙れ、佞坊主！」

屯《たむ》ろする騎馬武者の中から一騎がぐい、と出て思わぬ大音声を発した。義満の出御には必ず護衛を兼ねて従うご近習の一人だ。

「如拙殿は義満公のお楽しみの相手をなさるだけのお方ではない。お国の画図を造ってゆかねばならぬ大事なお立場だ。暴言・中傷は許されぬ。如拙殿を中傷する者は、大樹義満公の業績を否定する者である。――それ以上勝手を申すと、容赦せぬぞ」

「お国の画図だって！　それを言うなら、この男が『鷹の絵』を持出して大樹義満公に土岐征伐の決心をさせ、『山中宰相』だか『山中無事』だか『童子掃門』だかの画を描いて、山名討伐を決行させた悪僧だっちうことを先に言って貰いたいね。今はしきりと鯰の画を描いて、今度はどこの誰を討たせるつもりかな？」

佞頭はぐい、ぐい、と如拙の背を揺った。「ほら如拙、先輩、悪坊主よ！」

「手を放せ！」

騎馬軍団の中央へ白覆面の武者が出て来た。佞坊達にも聞き覚えのあるその声に、怒気だけではない何か決然とした意志が含まれているのを聞いて、人々は一瞬恐れ、身を退いた。白覆面は義満だ。佞頭はぎょっ！　となって、身を縮めた。示威の足を踏んばり、両手で如拙の僧衣を強く握り、引寄せて身を護る盾にした。

白覆面はいったん馬を退いた。近習と侍所の武者と走衆とがさっと道を空けた。白覆面は戦闘の体制をとった。――ま、まさか！　という佞頭の動揺と、突然の手の震えが如拙に伝わった。と思うと、もう一方の手で腰の短刀を抜き、如拙の首に当てがった。

「まさか、本気で己《おれ》を傷つけることはないよね。これは皆戯れだ。己らが悪いことをして見せて、これをとっちめるお武家方が、この世の正義を実行してみせる。老若群集《ぐんじゅ》する前で武家は守護たりを実演する如何様芝居《いかさましばい》だ。その筋書き通りに悪態《あくたい》ついてるだけの我々だ。皆嫌がってやらない悪役を己らが演ってやってるんだ。そういう己を傷つけることは、大樹に逆らうってことだよ。それこそ、謀叛になってしまう！　ああ！　来ないで！　近寄ったら如拙を殺すよ！」

白覆面が馬上で、すらり、と太刀を抜いた。右の胸に立て、下を薙ぐ姿勢で、どっ！　と手綱を打ち、突き進んで来た。佞頭はあわてて刀を棄て、如拙の手を曳き群集《ぐんじゅ》する人々の後ろへ走り込んだ。如拙は力一杯、佞頭を突き放した。

逃げまどう人々を蹴ちらして白覆面の騎馬がせまり、「わァーっ！」という佞坊達の悲鳴の上を、ずん！　と細身の太刀が薙いだ。追い縋る佞坊や老若の群集を振払い、逃れ出て草叢に倒れ込んだ如拙の面前へ、中空に円弧を描いて飛んで来た佞頭の腕が、どさ！　と落ちた。

9

十月半ば、大内義弘が九州遠征から戻り、泉州堺に入った。幕府は義弘の凱旋を喜び、即刻、上京して戦勝の挨拶をせよ、九州平定の状況を申し述べよ、と命じた。ところが、義弘は大軍を堺に留めたまま、上京せず、新たに陣を強化して、臨戦の構えを見せた。上京すれば討ち取られる、という複数の忠告があった。

義弘の方でも、先刻承知の話で、開戦を覚悟し、各地に「軍勢催促」を行っていた。これは謀叛ではなく、すでに徳を失い暴虐の桀紂《けっちゅう》となった「将軍」を誅伐する革命行動であるとし、大内立たば鎌倉公方を始め、全国諸将こぞって立つ、故に、我らは必ず勝つ、と家中を叱咤した。

鎌倉公方足利満兼は、もともと京都の幕府政事に不満で、陸奥・出羽の鎮撫に務め、北関東・武蔵・房総らの在地土豪衆を糾合し、京都と対決する姿勢を見せていた。大内義弘の堺出陣に応じ、「天命を奉じて暴乱を討ち、国を鎮め、民を安んぜんとす」という「御教書《みぎょうしょ》」を発した。義弘はこれを奉じ、各地に軍勢催促を行っているのだ。

堺城の防備は、大内家が楠木党の建設技術や輸送能力を吸収している強みに加え、宋銭をふんぱつして渠掘《みぞほり》人夫や大工五百人を動員したから、井楼《せいろう》（砦）四十八、矢櫓《やぐら》千七百の備えは、見る見る出来上って行った。

京の幕府方も、「逆臣」大内を討つ準備に入った。義満は北山第から「花の御所」に戻り、連日幕閣諸将と協議を続けている。管領の畠山基国も、侍所の頭人赤松義則も細川満元（頼元の子）も「凶賊」大内義弘退治となれば、討伐軍の先頭に立たなければならない。武将達は既にその心積りで国元から軍勢を呼び寄せていた。在京兵と合せ、各々数千。三家の軍総勢は三万以上になる。義満自身、足利家奉公衆三千を身辺に集結させ、待機させていた。あとは凶徒退治の「追討令」を発するばかりである。

この状況下で、義満は絶海中津を仲裁使として堺へ遣わした。

絶海は義満の生涯の後見役であり、足利の大事となると、必ず駆けつけ、相国寺を住持したり、等持院に入ったりして義満を扶けるのだった。絶海は侍者一人の他、密かに如拙を伴った。義弘が決死の覚悟なら、今生《こんじょう》の名残《なご》りに画を欲するだろう。一幅、餞《はなむけ》に描いてやろうではないか、と。如拙は簡易袈裟の僧衣で従った。手土産の画を何幅か籠に入れて背負った。

絶海は大内館で義弘と談判したが、義弘の開戦の決意は堅く、仲裁は成らなかった。

直截の動機――もはや「謀反人」たらん、いや「革命児」たらんと義弘が決意した動機は、九州征伐で戦功を立てた上に生命を奉げた弟の満弘《みつひろ》に対して恩賞がないこと。あまつさえ、堺港を含む和泉・紀伊の二国を取上げる方針を幕府がかためていること。九州の戦線に幕府が細作《さいさく》（工作者）を送りこみ、敵の菊池勢に情報を提供して、大内方の前線を攪乱し、両方をあやつってお互いを消耗させようとしたことであった。この義満の不当な仕打を見て、全国の諸将が呼応して立つ気運が高まっている。鎌倉公方足利満兼の元へ、東国の兵共《つわものども》が続々集結している。このような時、仲裁は無用と、義弘は絶海に言った。

「然し、義弘殿、貴殿にも勇み足がござった。途上、大船団を率いて李氏朝鮮国に至り、大内家は百済の琳聖太子の末裔であるという理由で土地の割譲を求めた。これは明らかな越権行動であり、軍規違反だ。幕府が制裁に貴殿から領地をとり上げる、と言い出すのも、致し方のないことではないか？」

「それは誤解でござる。倭寇の取締りに軍勢を常駐させよ、と向うが要求するから、それなら兵粮料所用の田地を分けてくれ、と言っただけのこと」

「成程、どちらにも言い分はあるものだが、さて、しかし足利と大内が戦えば、全国二分しての大戦《おおいくさ》となる。せっかく南北両朝和解して平和が訪れたばかりと言うのに、詮ない事ではないか」

「武士には、一所懸命という事がござる。その事を一番良く知るのが、足利将軍家であるというのに、我らから地所を奪おうという。これを見逃すようでは、武士の本分が立たぬ。ここは、領民の生命と故郷の風景を守らねばならぬ守護の大義として、戦う権利をお認め下され」

「義弘殿、易姓革命とはな、為政者が不徳で、禅譲が不可能となった場合、他の有徳者が替《か》わって政権を奪《と》る。この時為政者の姓が易《かわ》るのは天命である、の意じゃ。これについては我ら僧の身ながら、将軍とも諸侯とも話し合って来た。大同の世とは何か？　治者の徳とはどのように維持され、革《あらた》められてゆくものか。――だが、見渡す所、足利姓の将軍及び御一門に替わることのできる有徳の士が見当らぬのが、この時になって『革命』が成就し難い最大の理由じゃ。貴殿の存在は惜しく。鎌倉公方は義満公の暴虐を改め、人心を安んずる当面の平和を目途にしているが、この国の〝これから〟について案ずる程の徳はない。義弘殿、貴殿は勝算あって戦う積りとお見受けするが、戦に勝っても有徳の士を得なければ、その後の治世がおぼつかぬ。それでも『革命』を求められるか？」

　義弘は良き助言を得た老巧者らしく破顔した。

「さすがは禅師。創業の先の守成の難きを端的に見透しておられるご様子だが心配はご無用でござる。今度《こたび》の戦はの、我ら国を治める者にとっては、いずれが勝ち、いずれが敗けるかが問題ではなく、この世がより良く治まり、平安と繁栄が勝ちとられてゆくか否かが問題なのだ、という確信を示す戦でごわす。誰が幕府を開くかという裁定は、天命による。が、その前に義満公には、この世を武士が治めることの何たるかを、即ち治者とは如何なる生き方、いや、死に方をするものかを良く知っていただく」

「そのような戦を、義満公が受け入れることが出来るであろうか？」

「出来る。我輩《わし》の死に方が、美しくあればな」

　その後《あと》、義弘が絶海にいとも楽しげに穏やかな口調で語った、現実の政事の状況は、絶海の予測を超える武家的恩愛の道理――絶海の身にしてみれば「不条理」に満ちた世界だった。義弘は何と、自分が死ぬことによって、弟盛見《もりはる》を守護とする周防・長門・石見・豊前の四ヶ国の土地が安堵されることを願い、親友の赤松義則・畠山基国・細川満元と裏側で了解をとりつけているのだった。

――当主が死して始めて領地が安堵されるのは、往昔の楠木党の場合と同じ武門の慣いである。楠木正成《まさしげ》は、自らが討死する事で、息子の正行《まさつら》以下、一族が「故郷」に帰り、守護職を安堵され、土地を経営し、人間として尊厳と平等を得て生きてゆく権利を獲得した。今、楠木党の技術や「故郷」を受継いだ大内家の当主義弘は、自らが討死するのと引かえに、弟の盛見以下、一族が「故郷」を造成し、豊かで平等な、尊厳ある「小都」造りの中に幸福を見出してゆくことができるよう、願っているのだった。上洛し、将軍との妥協を企るべきだ、と弟の弘茂や老臣の平井道助は勧めるが、それをすれば義満は義弘を捕え、殺すだろう。それより義弘は、優勢に戦った上で潔く死に、その死をもって新しい「忠節」に替える。即ち、立派に負けてやる形で幕府軍の「前線」を確保し、足利家より強く大きい守護はいないのだ、という安心を与え、幕政を安定させる。そうすれば、義満は義弘の死と引替えに、大内の旧領を安堵するだろう。そのためには大内は圧倒的に強く、義弘は「美しく」死ぬのでなければならない。

「お解りかのォ、禅師。我輩《わし》は暴虐の将を諫めるために戦うが、同時に、武家の世と故郷を保つために戦う。日出でて作し、日入りて憩う。帝力何ぞ我にあらんやの平安のために死ぬ覚悟なんじゃ。足利は不当なりと言えども、武家の政事は保たれねばならん。大同の世は常に求められねばならぬ。――どうであろうか？　禅師、我輩のこの生き方、いや、死に方は、間違っておろうかの？」

さすが絶海はお座なりの追従はしなかった。

「間違うてはおらぬ。ならば宜し。故郷の山野のためには、死して暴君を懲らしむるべし」


大内義弘は書院に如拙を迎え入れると、俄かに寛ぎを見せた。京の大内館からこの堺城の大内本館へ移って来ている女絵師が一緒だった。文机に杉原紙を広げ、自ら画を描く体勢で如拙と女絵師には、好きな物を好きなだけ描いて見せよ、全て我が大内家の家宝とする、とずっと二人を待っていた様子で言った。

書院の板壁には、如拙が、絶海中津に命じられて義弘を喜ばせようと持参した自筆の「耕織図」と「琴棋書画図」と「季子行旅図」及び季子にまつわる挿話の図二、三点が掛けられている。

義弘の顔には西国諸将の他、近江・美濃・丹波の諸将、及び大内とは盟友の今川の応援を得て、存分に戦う事が出来る、という自信が萌している。が、一方、ここで死ぬぞと決めた身の、全ての怨念も妄念も吹っ切れた軽みと平静が、まだ四十五歳の義弘に「英傑」の如き風格を与えていた。

義弘は席を如拙の「琴棋書画図」「耕織図」と「季子行旅図」の前に移し、改めて画面に動めく人間達の行動に見入った。季子の出世譚や言行は義弘が興味を持ち、共感している話《こと》なので、如拙はそれに合せて描いたのだった。が、如拙自身他の二品同様、一番描きたかった主題の一つである。

季子の物語。

戦国時代、洛陽の人蘇秦《そしん》（季子）は諸国を遊説したが、志を得られず、窮乏して故郷に帰った。この時、妻は貧賤の夫を蔑み、機《はた》を下りなかった。嫂《あによめ》は飯を炊《た》いて家に迎え入れてやることもしなかった。蘇秦は再び出遊し、諸侯を説いて、燕・趙・韓・魏・齊・楚六国合従《がっしょう》して大秦国に対抗する策に成功し、「六国の相」となって故郷に帰った。すると、人々はにわかに態度を変え、下へも置かず、あがめ、畏怖し、妻も嫂も家族も威光を恐れて顔を伏せ、卑屈に隠れて飯を食った。蘇秦が笑って、昔倨《おご》った者が今何故恭しくするのか、と問うと、貴殿が位高く金多き故である、と人々は答える。蘇秦は嘆じて言った。

「此れ一人の身なり。富貴なれば則ち親戚も之を畏懼《いく》し、賤なれば則ち之を軽易にす。況んや衆人をや」

そういう蘇秦の「無欲」を示すもう一つの言葉が義弘の、また如拙の心を捕えている。

吾をして洛陽負郭《ふかく》の田二頃《けい》あらしめば
豈《あ》によく六国《ろっこく》の相印《しょういん》を佩《お》びんや

富貴でも貧賤でも、人間の中身に変わりはない。この私だって、位や金になど、本来、執着する輩《やから》ではない。洛陽の負郭（近辺・郊外）に、二頃《けい》（二町歩）程《ほど》の田を得て、平安に暮すことを許されるなら、どうして六国の相たる身分など要るものか――如拙はこの画題が好きで、従来何とか画にしようと心がけて来た。あえて、二頃の田を耕す季子、あるいは老若男女田植する畦で、鼓を打って囃す季子を描いて来た。如拙にとっては、「季子行旅図」も「妻機図」も、「嫂炊図」も、皆、「耕織図」の一つなのだ。

「お！　良い、良い！　機《はた》を下りなんだ、という女房を明るく、機織りの村娘達と一緒に描いておるのが良いなあ、嫂は炊《かし》がず、をいそいそ炊いで夫が田野から帰るのを待つ妻の姿で描いたのも、ほっとするのォ。何より、この一幅――六国の相となって帰郷した蘇秦が、田楽の囃に乗って田植する姿は清々《すがすが》しい。これは今の我輩の心境だな、我輩は今、六国の宰相だが故郷に田を得たら、相印を捨てて、一介の田夫になるぞ。如拙！　一つ頼みがある。この田に鯰を一匹描き込んでくれぬか、我輩にも一筆加えさせてくれ」

如拙は義弘の加筆あるを予想していた。義弘は「季子行旅図」の土手道を故郷の田中の小道と見、そこへ帰って来た季子の足元に田の鯰を描き込みたいのだ。如拙は先輩僧の揮毫に付添う侍者の心になり、年代ものの円墨を磨り、湖州産の立派な鼬毛《いたち》の筆を持たせた。義弘が鯰を無骨な手付きで描き込むのに連れ、如拙も「心田」の鯰を一尾、丸々と、くねりと点じて行った。

義弘は描き終えて、ひと呼吸置いた。

「我輩《わし》が絶海殿と二人して、其方を将軍にとり持ってから二十五年経った。早いものだのォ。――其方は立派な画師になってくれたが、我輩はこの通り武家の本分を守って戦にばかり励んでおる。歌を忘れた訳でもなく、画を楽しむことを止めた訳でもないが、この地で没する人間なのでな、これらの佳き画については、国元を守る盛見《もりはる》に贈ろう、と思うておる。――良いな。これらの画は周防へ届けてくれ。我輩は国元の玖珂郡に瑞雲寺という大きい寺を創ってのォ。如拙！　其方の後輩の鄂隠慧奯殿を開山に請うて来てもらった。鄂隠殿は、絶海師の直弟子で、夢窓説法の法衣を授けられたお方だ。将来は相国寺住持から天下僧録司を務める御仁だ。瑞雲寺も誇らしい。周防にはそういう良い寺が数々あるでのォ。画はそういう寺と大内の館に置いて、皆で楽しんで生きるように、と伝えて欲しい。良いな？」

「――承知致しました。鄂隠殿には、寺の貼案のみならず、美濃納豆の味も忘れるな、と言うておきます」

「有難い。恩に着る。あゝ、それからこの『琴棋書画図』だが、村老が琴棋書画して遊ぶ姿は、殊の他、心を掻きたててくれる。大変年季が入った手つきだが、如拙！　これはかつて其方が上洛の時、絶海殿が其方に与えた梁楷風の『琴棋書画図』に慣ったものか？」

「構成は確かに。二十五年経ってようやく某なりの天地を作る工夫ができるようになり申しましたが、勿論梁楷には遠く及びません」

「然し、其方が描きたがっていた鼓腹撃壌の天地が、ようよう現われたようにも見ゆるぞ。良ェのォ！　我輩もこの村老達に混って遊びたい。いや、この撃壌の村里に入って皆と畔《くろ》に立ち踏歌を歌って神が来てくれるまで群舞していたいものだ。これも故郷の皆の所へ届けてくれ」

如拙は義弘に、全ての作品を西の都、周防山口へ届けること、自分も村老琴棋書画する里を描き続けることを約束し、女絵師と街衢へ出た。

堺は二重の堀に囲まれた街衢それ自体要塞だが、街筋をとり囲む外堀に沿って、実戦的な「井楼」（砦）・「矢櫓」が立並び、寒風に唸りを発する様は壮観だった。

街衢は外から入り込んで来た兵馬でごった返している。何しろ、和泉・紀伊の大内勢だけで、騎馬武者三千。馬の口取りと脇をかためる所従が一人。武具・弓箭・装備品を運ぶ中間一人、粮食や鍋釜・野営具や救急薬・金瘡（刀・槍の傷）手当具を持つ小者・力者が二人従く。それだけで総勢一万余。九州遠征の途次大内勢に合力して来た西国の土豪諸族も堺へ集結しているが、中味は兜首の騎馬武者（正規武将）よりも料物を持ち運び、食事の世話をし、寝所を設営する従卒の数の方が多い。堺の町衆が人口三万余だから、戦時には倍増する勘定だ。

如拙は街衢の人混みの中に入った。辻に鉢叩きの親子が立っている。鹿角杖を道に突立てた脇で、裾の磨切れた小袖袴のぼさぼさ髪の父親が瓢簞を叩き、念仏を唱歌している。同じぼろ小袖の十二、三になる児童《こども》が、胸前に釣った鉦を撞木《しゅもく》で打ちながら父に唱和する。

〽聞けよ無常の風の音
五欲の迷い吹き去りて

歓喜甘露《かんぎかんろ》の声残る
南無阿弥陀仏
なんまいだァ――
〽人聞《ひとき》けとてぞ瓢簞の
怨み抜けたる修羅の道
空也胡蘆《くうやこうろ》と言いて問う
南無阿弥陀仏
なんまいだァ――

瓢簞を棒撥《ぼうばち》で叩くかん、かん、こん、こん、の乾いた音に、ちーん、ちーんと長い撞木で上手に鉦を入れるので、念仏の声はしわがれ、忍び寄り、心にまといつく。

「偉い児ね。戦する人々の辻で無常を呼ばわるとは。父様《とと》の叩く瓢簞も無心で切ないわ」

無心で切ない？　その昔、空也上人に瓢簞を授けられ、殺生の罪をまぬがれた平定盛にちなむ「無常」の表現ではなく？

成程、瓢簞は空虚であり、詮なく無為であるから、神仙や隠士や僧や聖が叩けばその音が人間の罪障に満ちた有為の存在を叩き出し、遠離ける力を持つ事は確かだろう。

「ああ、そうか！」

如拙は今、心に形成されつつある瓢箪と鯰の画について、「鯰」は圧し出すものだと京の伝坊達が教えてくれたように、「瓢箪」は叩き出して生命を供養するものだと、この父子が教えてくれているのだ、と思った。

「判ったぞ！」

その画は「無為の瓢を以て、有為の鯰を叩き出す、圧し出す、去らせる、赴かせる、だ！」より禅宗風に言えば「無漏《むろ》（煩悩・迷妄のない清浄な心）の瓢もて、有漏《うろ》（煩悩・迷妄に満ちた汚濁の心）の鯰を圧す」だ！――「無の瓢、有の鯰を圧す」だ！

二人は一軒の旅宿の暖簾をくぐった。ここは大内家の経営する旅宿であり、食堂の奥は遊女屋である。

中は卓子の大きい、長床几《しょうぎ》に多勢で掛けて飲食出来る（中華大陸風の）一膳飯屋で、奥の莫蓙の仕切の向うは、人の泊る部屋になっている。宿泊客も一膳飯の客も、酒を食《くら》って、大声で談笑し、気炎を上げている所だ。間もなく戦闘に加わる兵士達は、いっとき主人の采配を逃れた自由の中でも、自らの死の幻想を否めず、その不安を糊塗すべく大儲《おおもう》けや出世譚や奇蹟や遊女の慰めの体験を、狂ったように語り合う。

女絵師は如拙を奥の路地を突っ切った先の隠し桟敷へ導いた。兵士の慰安のための、歌舞の舞台が設けられている。裏庭があり、葦原に面している。川面が凍え、折葦が頭をもたげるように見えるが、寒さが一向感じられないのは、向う岸に焚火が盛んに炎を上げ、「六ヶ国」の将兵達がそれを囲んで、濁酒を汲み交わし、桟敷の上の遊女達の舞を見ているせいだった。大内の京館では上級の芸妓達に、結崎座のはみ出し者達が、能楽師の芸を良い所どりに取入れ仕込んでいた。それがここへ移って来ているのだ。朱の袴に大袿《おおうちき》の、胸に巫女の鏡を下げ鼓を打って舞う白拍子の姿も混る。遊女の群舞が粉雪と焚火の煙の立ち混る向うを、ゆっくり移動してゆく。

〽その時千手立ち寄りて
妻戸をきり丶と押し開く
御簾の追風匂い来る
花の都人に恥かしながら見《ま》みえん
げにや東乃果しまで

人の心の奥深き
その情こそ都なれ

女絵師は小袖の手をふっと口に当て、笑って如拙の袖を引っ張った。——南都を焼打ちして仏寺仏像を破壊した平重衡《たいらのしげひら》が、一の谷の戦で敗れ捕えられ鎌倉送りになり、狩野介の預かりとなっている所へ源頼朝が同情し、手越の長《おさ》（遊女屋の主）の娘の千手《せんじゅ》を遣わし、これを慰める。都の公達と東国の遊女は一夜遊戯し、歓楽を尽し、恋を遂げるが、夜が明けると重衡は都送りとなり、刑場へと去ってゆく。「ここでは、難かしいお経を引くようなものより、この千手《せんじゅ》のような意味がよく解る曲が好かれるなァ。——しかも、誰一人、罪つくりな曲だ、仏敵となって出家も許されぬ重衡を二十代の若者だからと言って、平家の公達並に東《あずま》の娘の憧れの的にするような曲は止めてくれ、とは言わぬ。むしろこれを種《たね》に義満公の名利を尽す豪華生活を嘲笑ってやるのだ、幾らいばっても東《あずま》の女の愛は得られまい。成上り将軍やーい、と揶揄っているものだと思えば、大いに憂さ晴しになってのォ」

如拙も笑って頷いたが、腹の底で、また一つの感慨を持った。六ヶ国の兵達は家族への恩愛と「利」に連られて従軍して来ている者の自然で、その愚かしさに伴う苦や死の観念が、芸術形式の「美」によって相対化され、人間として救済される事を望んでいる。それが適わぬまでも、少くとも、お互いに食と性と物と美に対する「欲」を共有することで、同じ時代に組込まれている運命を確認し、戦場に赴こうとしている。そういう兵等《ら》の複雑な気持を、遊女達はよく詠ってやっているのだ。

「かまうことはない。義満公にたんと聞かせてやるが良か」

「確かにな。義満公と闘っているのは、義弘殿だけではない。妾も、妾の仕込んだこの遊女達も、酒食うている兵等も心は疾うに幕府を凌駕《りょうが》している。足利を倒し、友邦を残す。義満公の権力を解体し、当人は、そうよな、——伊豆へ流す。伴大納言と同じく、土地の遊女と遊ばせ、能会を開いてこの世に神が降臨して来ることがあることを教える。——如拙殿、其方も義満公の束縛を逃れて、どこか自由の、山水の境地へ赴く気になってはくれぬか？」

「——何を仰しゃると⁉」

「一条竹の鼻の能会で、義満公が中座した理由《わけ》を、妾《わらわ》は妾なりに推し測ってな。桟敷奉行の赤松義則・畠山基国・細川満元の幕府重鎮のお三方が、我が殿大内義弘公の一番の親友で万が一、幕府と大内家とが交戦するとなったら、このお三方が先鋒を務めることと相成る。一番親しい朋友同士を闘わせ、領地を争わせるのが、足利幕府の悪しき伝統なのだからね。つまり、義満公は幕閣のお三方に最大の朋友の大内を討つ心の準備をせよ、親友を殺す覚悟を固める『血祭り』としてこの能会を決行せよ、と（暗に）命じていた。つまりあの能会の隠された主題は『大内討ち』だったのだよ」

「然様《さよう》、その後《あと》大御所が佞坊の腕を斬ったのも、大内討に入るための血祭り、即ち犬追物《いぬおうもの》やったんですな」

「義満公は同じ修羅でも、斎藤実盛のように若い武者と闘う時、こっちが老将と分っては相手が戦い難かろうと白髯《はくぜん》を黒く染め、豪儀な直垂を着て戦い、討たれて没したという何とも〝伊達《だて》〟な〝婆娑羅〟の原型の如き男を演《だ》して欲しかったのだ。それを元清殿は無視して、同じ修羅でも歌人の〝忠度〟や、琵琶の名手の〝経正〟や、女を愛に狂わせる〝清経〟を揃えて、死者の霊が詩歌や音曲の美を仲立ちに、僧の祈りによって供養され仏法世界に救済されるという〝観阿の能〟の典型の方を打ち出した。今、ほれ、ここで演っている〝千手〟もな、重衡の勇壮と、巨悪を引き受けた男の苦しみと、女の至芸のぶつかり合いを義満公は期待していたのだが、藤若殿は、女の愛と『美』の力で、『十悪も引摂《いんじょう》を受く』という重衡の救済の面を強調し、優婉な一夜恋の物語にしてしまった。これでは、戦争の不安に立向おうとして修羅と血祭りを期待している義満公の心を捕えることは出来ぬわなァ。義弘様も今は怨敵ながら長い付き合いの義満公の気持を忖度して仰言るのだよ。義満公はここまで可愛がって来た三郎元清殿に裏切られた、置いてゆかれたのだ、とね」

「置いてゆかれた?――」

義満は孤独だ。全ての人が少しずつ頂点に立った者を離れてゆくのは自然なことだ。元清は義満が求める修羅・闘諍の裏側の叙事の「美」から離れ、祈りがもたらす成道正覚の「美」の法門へ入って行った。

義満はたじろがず、表向き、藤若の実現した美を称揚し、阿弥号を与え、同朋の位置につけた。以後、藤若は「世阿弥」となる。――

「時代が変わるのだよ。妾《わらわ》もなァ、この戦《いくさ》が終ったら、〝景清〟ではないが、この物語が過ぎたら、どこか遠く、西の国へ〝故郷の花〟を見に赴かむと思うておる。如拙殿、一緒に赴かんか?」

「真事《まこと》に?」

「真事とも。仮に義弘殿は討たれても、大内家は亡くならぬ。山口を小京都として今から繁栄に向う。先刻も、義弘殿が言っていただろう。周防の国には鄂隠慧奯殿の開いた瑞雲寺をはじめ立派な寺も数々ある。其方は、その一つの小さな寺を貰い住持して二頃(町歩)の田を耕し、画を描いて暮せばよい。妾は遊女五十人を引連れて、山口に赴き、遊廓を開くぞ」

「ううむ。――然うか。それは豪儀な話だなァ！」

焚火の向うの桟敷舞台の曲が変わり、兵士達がどっと沸き、美しい仕種に嘆声を上げる様子が伝わってくる。それは丁度、難波の風景を語っている。景物の豊饒の中、芦刈の貧しい境涯に身を落している夫の所へ、都で貴人の乳母となって出世した妻が、昔の契りを忘れずに尋ねて来るが、夫は身を恥じて「君なくてあしかりけりと思ふにぞいとど難波の浦は住み憂き」と詠んだのを、妻はすかさず「あしからじ善からんとてぞ別れにし何か難波の浦は住み憂き」と切りかえし、夫への変わらぬ愛情を表白した。この歌の巧みに夫は折れて、二人は契りの感情をとり戻し、和解して共に都へ帰る。

人は和歌（芸術形式）の功徳で救済され、心の土地（都）へ帰ってゆくのだ。

〽津の国の難波の春は夢なれや
芦の枯葉に風流《わた》る
波の立居の隙《ひま》とても
浅かるべしや渡津海《わだつみ》の

浜の真砂《まさご》はよみつくし尽すとも
この道は尽《つ》きせめや
〽ただもてあそべ名にしおふ
ありし契りに帰りあふ
縁《えん》こそ嬉しかりけれ

今、自分に身を寄せて立っている女絵師は、南朝の絵師と遊女の間に産まれ、宮廷生活を棄て巷間に入り、楠木家を経て大内家に仕える身になった人生の老練であり、苦労を重ねながらも公・武の「治者」の間で生き方に成功し、美しさを保って、今からまた新しい人生に入ろうとしている。如拙はその姿を「芦刈」の妻に準《なぞら》えて見た。それに引かえ自分は、古くから画を以て将軍に仕え、今も将軍（幕府）の扶持を受け、権力に依拠しないよう心がけながら、常に煩わしい政情に巻込まれる中で仮構の自由に居坐って画作するしかない人間として生きて来た。そういう自分は「芦刈」の翁と以て、その怯懦を恥じるべき存在だ。この女と共に、心の故地に帰る気構えが出来る程の稔りが未だ収穫されていない。

実際、器用に年をとることの出来ない如拙は、未だ自分の画風を未完成のまま放置していた。多数に理解されないことを誇りとする九州画狂には、五十を過ぎても「天命」は訪れなかった。そういう如拙に対して、瓢鮎図の制作と将軍御所の画事を義満から受継いだ若将軍の義持が、最近、如拙に「相国寺伽藍図」と「竹林山水図」を描いてくれ、としきりに言ってくる。女絵師に西国へ赴かぬかと誘われ、芦刈翁に身を擬えて戸惑う如拙には、その二つの画は特別な意味を持つ。

実は、相国寺にはもともと開山の夢窓疎石師の碑を立てる、という構想があって、今がその時だが、碑文の書（明の文人の筆）を持つ絶海中津師の考えでは、開山碑は、地下の鯰が地上へ出て、悪竜となって天に昇ることがないよう、出口の穴、即ち〝竜穴〟を、どすん、と塞ぐ。「国家の要石《かなめいし》」なのだ、という。それで、鯰が出て来た日を描く者は、石碑を山水樹石画にして世に提示する責任があり、その石を探してくる義務がある。相国寺には竹林が多いので、碑が立ったら一山は傑れた竹林山水図となる、と。

如拙は心の片隅に女絵師の招びかけに応じ、もはや義満の支配を逃れ、どこか遠くへ、おそらくは西国の故郷へ、土地の風景と花を視に帰る時が来ている、という気持を持った。

「以前から、相国寺で、開山の夢窓疎石師の石碑を立てる話があってな、名石を探しに誰かが旅に出る手筈なんじゃ、絶海師の勧めもあり、西国生れの某《それがし》がその任に当るじゃろう故、

一、二年、西国を巡って来よう、と思うておる。その際、周防へ寄って御身《おんみ》と再会したら、もう京都へは戻らぬ、山口の方が余程良い、ここが都や、と言い出すやも知れぬ。その際には、宜しうにな」
「快き哉、快き哉。では、西の都で、遊女を判者に、また絵合せをしようぞ」

女絵師は遊女達の舞台から目を転じ、裏庭の芦原とその奥の野末を見た。冬を越して残ろうとする真葛《さねかずら》の赤い実に粉雪が降りかかっている。低木の枝に尉鶲《じょうびたき》が来てひーっ、ひーっ、と歌い、かっかっと喉を鳴らす。頭は灰白、顔から喉にかけて温かい黒、腹が美しい赤褐色のお洒落な装いの鳥で、秋になると野に現われ越冬し、春が来るとまた北国へ帰ってゆく。遊女能の囃に乗り、尉面に華美な装束をつけた贅沢な鳥が舞台を舞い戯れているようだ。珍らしく雌が来て二羽になった。夫婦の鶲は遊女たちのいやーっ！　という掛け声と、かっ！かっ！　という大鼓《おおかわ》の音に励まされ、吹雪の中を春へと翔んで行った。

10

足利の主力軍は、十一月八日、東寺に陣し、義満はここから、全国諸将に宛て、「凶徒退治」の「御教書《みぎょうしょ》」を発した。足利の奉公衆三千と斯波・畠山の大軍が、東寺から鳥羽方面へ南下する街道に沿って集結した。翌日、本隊は岩清水（男山）八幡宮に陣した。

石清水は南北朝争乱下では、京の西の関門として争奪の拠点となり、南朝の後村上天皇が南朝主導の合一を見込んで、ここに一時行宮を営んだこともある。南北合一後は義満の施政下で、奉行所が置かれ、その管理のもとに、宮廷行事や様々の神事が執り行われる。また、ここは義満の生母紀良子《きのよしこ》の実家であり、義満はよく参詣し、神楽を楽しみ、時には神前放生会《ほうじょうえ》の上卿《しょうけい》（長官）を務める。が、戦となれば、ここは幕府軍南下の前進基地となり、山麓から淀の川原にかけ、兵馬でごった返す。

何しろ、足利本隊と奉公衆三千。それに畠山基国・斯波義将が国元から呼よせた兵馬と諸国から参集の三万騎を率いて淀川左岸を南へ進むのだ。これに先んじて先遣隊の赤松義則、続いて細川満元、京極高詮が二万五千、輜重隊を合わせ総勢六万の大軍が大内勢を圧倒すべく泉州堺城攻略に向って南下を始めているのだ。

石清水の山下に放生川が流れ、池の畔の女郎花の枯葉を浮べてゆく。

義満は本陣に当てられた社僧館の広廂へ如拙を呼び、床《ゆか》に「瓢鯰図」の画稿を拡げさせ、床几から立上って囲りを歩きながら、注意深く人と瓢と鯰の姿を見続けた。鎧冑と脇盾《わいだて》・草摺《くさずり》・太刀は脱いで、床脇に立ててある。ご近習二人と精鋭の旗本三人と戦時同行の阿弥が雄唐獅子を描く陣中屏風の脇に居並び、様子を伺っている。

「これで瓢箪鯰は完成か？」

「今は、ここまで、でして」

「何故、女が居らぬ？」

「つるつるの瓢で、ずるずるの鯰を、捕えんとすれば如何に、という公案を描く画にせよ、との仰せでありましたな。画事はこの画を含め、いっさい若将軍の義持様に譲る、と」

「あゝ、我輩《わし》が言うた。——で、公案の答は？」

「無漏《むろ》の瓢《ひょう》もて、有漏《うろ》の鯰《ねん》を圧す」

「もそっと解り易く言わぬか。我輩《わし》とか大内左京とかの、未だ解脱《げだつ》に至らぬ者共にも解るように」

「無為《むい》の瓢もて、有為《うい》の鯰を圧す」

「もう一寸――」

「無の瓢、有《いう》の鯰を圧す」

「何故、圧すのだ？　捕えるんじゃないのか？」

「捕えられん物を捕えようと、いつまでもこだわっていると、心が凝滞し、心池《しんじ》が干上がって鯰が生き難くなり、自ら笹をくわえ竹幹によじ上って、その撓《しな》いを利用して次の水溜りへ跳ぼうとします。凄い話じゃなかとですか。そうなる前に、空っぽの瓢簞で、執着と生活の醜汚・欲望で一杯の鯰を泥水の中へ圧し出してやるが良か。お前はお前の土地に赴け。お前の山水に棲めっと。瓢と鯰の一番良き関係は『捕える』ではなく『赴かせる』『圧す』『放つ、放擲する』やったんですな」

「ううむ。ならば、この画は放生の画だ。放生の池の辺りで放生の画に逢うとは、真実果報な事だ。もっとも、殺生の罪障消滅を願うのと、欲情と膨満の罪にあふれた鯰を泥中に放つのとでは、意味が違いそうだが。我輩は汚濁の鯰だから放下される側かな。では改めて問う、如拙！　師家《しけ》に替わって答えよ。瓢簞で鯰を把えんとすれば、これ如何に？」

「鯰魚竹竿に上る」

「瓢簞で鯰を圧す。先は如何に？」

「泥水泱々。大地悠々」

——う、うむ、と、少し間を惜《お》いて義満は静かに頷いた。元清の能。如拙の絵。共に超俗を深めた。俗界の支配者の義満には解らぬところへ来た。

女絵師ならそう言って、如拙と義満の新しい関係を想定してくれるだろうが、義満の一默には新たに鯰が出て来た日を描く者には、それと対に鯰を地下に閉じこめる要石を山水画にして世に提示する義務があるぞ、という呼び掛けが含まれた。絶海師と同じ相国寺の開山碑の絵画化だ。今は如拙を放生する時だ。出会った者は、いつかは別れる。「将軍」は「さかゆく花」を見極めた後、人を殺すのだ。

「如拙！　其方は名石を探しに西国へ赴け」

と義満は言った。

「あとは、義持にまかせる」

旗本衆と阿弥とは、放生池の辺りに兵が集り、酒を食い主人から支給された戦時食で腹を満たし、大声に語り合っている中へ入って行った。一緒に歌おう、というのだ。

義満は近習と如拙を連れて廂の端へ出、放生池の辺りの狂宴を見遣った。

「八幡宮の神人《じにん》が力を貸してくれるというので、頼んだら、小具足付けて、油樽を持って従軍して来た。ここの神人は都の灯明を商う油長者でな、楠木正儀御大が北朝側にいた頃、油座の特権を保護してやって以来、北朝贔屓でな、今もああして、下人・所従を連れて幕軍の応援に来る。明日あたり、我等は信貴山を通過するで、寺から縁起を出させて観てゆこう。あの縁起絵巻の長者はまさしくここの神人の油長者なのだからな。長者の姿も、沢山の米俵も、それこそ縁起が良い。あそこは最良の兵粮料所だぞ。――さて、長者といえば、辻の長者方の遊女も慰安に来てくれた。問題はあの佞坊共だ。横暴が過ぎるから侍所の預りにして来たが、平和で死ぬより戦争で生きたいとほざくから、それなら来るが良いって、連れて来た。どうせ一度は道に捨てた生命だ。あの者共に身体を張らせれば最強の前線だ」

神人達はどこからか太鼓を持ち出し、兵達と佞坊達の囃し歌う唄の音頭をとっている。遊女達は胸を空け、鈿女舞《うずめまい》の腰振りで兵達を誘う。

〽花の都の腰紐は　解けて由無《よしな》や乱れ心

〽誰ぞやお軽忽　主あるを　締むるや　よしや戯《ざ》るるとも
十七、八の習ひぞや　そと食いついて給うれな　歯型があれば露わるる
〽見ずば良かろう　見たらやこそ　胸乳が神の岩戸開く
〽えいとろえいとな　えいとろえとな
〽愛し説かれているよりは　憎まれ御事《おこと》（汝）と寝ようずる
今から三条坊門のお居処の大きい小娘と　抱きついつ　吸いついつ　寝々せい　寝々せい
〽人は嘘にて生きる世を　何ぞよ燕子《えんし》（僧侶）が実相を談じ顔なる
新発意《しんぼち》（発心者）の湯口《くち》が割れたぞ心得て　踏《ふ》まい犯《や》るまい大踏鞴《たたら》（女体）
新茶の茶壺（女陰）よなう入れて　入れての後はこちゃ知らぬ
〽えいとろえいとな　えいとろえとな

不意に歌声が止んだ。灰黒の空に粉雪が舞始め、池の対岸の篝火が板廊に反照し呆とゆらめいた。俄かな静寂があたりを閉した。

「音」が床を這ってくる。虫か、獣か、冬枯の草花が立てるかすかな震動音が耳に届く。

〽かしゅ、かしゅ、く、く、る、るぅ――。

「何だ、この音は？」

義満がまっ先に聴耳を立て、板廊を這って音の源を探し始めた。床の太刀をさっと手にとり、額を床に磨りつけんばかりに進んでも、義満の身体は安定している。近習と如拙も、音のする方向へ匍匐して行った。

行手の闇に白い大鉢が浮び上り、その縁に蠢めく物があった。〽かしゅ、かしゅ、という音はそこから出ている。

「山雀《やまがら》の胡桃廻しだ！」

義満は叫んで這い寄った。山雀は放下師《ほうかし》や品玉師《くだたまし》が芸を仕込み、口ばしで胡桃を突つき転がして遊ぶ姿の愛らしさを楽しむ小鳥だ。その遊びは無益と無心と無際限の象徴で、禅僧の世界では、瓢箪で鯰を捕えようとするのと同じ、生物《いきもの》の無邪気をこそ愛敬として賞でる仕掛である。瓢箪鯰のもう一つの意味を教えに、何者かが入り込んだらしい。

これは幻術だ。幻術師が入り込んでいるぞ、と如拙は恐れた。幻術師は刺客だ。義満に向けられた暗殺者だ。義満はぐ！　と太刀の柄に手を掛けた。右手が旋廻し刀身が鉢の上を薙いだ、と見るより先に、山雀がばたばたと翔び立ち、廂の天井を巡り、出口の戸障子の闇に融けた。

義満は太刀を収めると、近習を促して、あたりをそろそろ点検した。闇の奥から、今度はもっと遠い山上の僧院で尼僧が大勢で声を合わせ、戯れ、歌い踊るようなざわめきの音が耳を伝った。

〽たっとう　たっとう
やれこ　とんとう
諸法実相と談ずれば
鯰の魔界も仏なり
万法一如と説く時は
女陰《ほと》の鬼神も瓢《ふくべ》なり
やれこ　とんとう
やれこ　とんとう

義満は身を屈め闇の底を探って前進した。隣の廂に通じる襖をさっと開けると、池の面に迫《せ》り出した亭の板敷へ飛び出した。放生池の面を背景にして、黒衣を身にまとった僧が蹲り、じっとこっちを見ている。冬座禅用に僧衣を頭に巻いているので顔は見えず、ただ面長の白狐の様な下顋が見える。

「出たな、権蔵主《ごんぞうす》！」

相手はしきりに頷いた。「貴様が、我輩の刺客だったのだな？」

かつて強大な秦に軍事力では絶対に及ばないと知った周辺国から、始皇帝に向って刺客が放たれた。燕の太子丹のため、始皇帝暗殺に向った荊軻《けいか》はその一人である。同じように、剰りに強大化し、富と権力と軍事力を集中してしまった義満に対しては、あちこちから暗殺者が放たれ、いま、身辺に近寄って来ている。権蔵主はその一人である。どこが仕向けた刺客かは判らない。淘汰されて行った諸将の魂とも、滅ぼされ歴史の闇に消えてゆく南朝諸族の怨霊だとも言い、本体は狐とも鯰とも、義満自身の反省の心が作り出す幻像だとも言われるが、如拙はこれまで出会したことはない。ただ、今は義満にも、如拙にも、現実にその姿が見える。権蔵主の黒い山から、ちりーん、ちりーん、という鈴の音が響いて来た。

〽年々に
人こそ旧《ふ》りて　無き世なり
色香変わらぬ太平の
金殿の世の花盛り
誰見離さんとばかりに
また巡り来て小車《おぐるま》の
我と浮世に有明の
尽きぬは恨みなるらん
〽それとても春の夜の
夢の中なる夢なれや
〽足利三代将軍義満殿
鹿苑院天山道有殿
御生命頂戴仕る

義満は抜刀し、再び中空を薙いだ。

バサッと刃先が僧衣の裾を裂き、舞立った切端が庭に降った。蔵主は一瞬早く板廊を走り、廂の裏手へ消えた。如拙が追ってゆくと、庭の植込を抜け中空に舞上って闇に消えてゆく大鯰の姿が見えた。如拙は自分の身体が舞上り、鯰と一つになり抜刀して廊に出て来た義満を見下ろすのを感じた。権蔵主は己《おれ》だ。己が遠からず義満の生命を取る存在なのだ、と如拙は思った。風神雷神が中空を踏み破って厳かな雷鳴を立て七重大塔の攻略に向って行った。

堺城攻防戦は二十日に及んだ。幕府軍は大内勢の抵抗の強さに驚き、恐れをなして、暫々退却した。大内義弘の戦法は当時としては最も進んだ「将を射んとせば馬を射よ」の合理主義であったが、先頭に立つ赤松義則隊の頭上には、その合理主義を上まわる無数の火矢が弧を描いて降りかかった。兵卒も、その前に立った侫坊達も頭をかかえ逃げ惑った。

矢は武者の鎧袖や草摺に立ち、強弓ぶりが示された。「手強いぞ、退け！」と本隊から声がかかり、赤松勢が退却するのを追って、坂道を「火の玉」が転げ落ちて来た。櫓門は少し小高い丘の上にあり攻めるには坂を上る形となる。が、退く時は背後へ火の玉や火車を繰り、投擲《とうてき》する砲手がいて、こっちの様子を見定めた上、次々と新手をくり出してくる。さながら、赤坂千早城の奇襲攻勢だ。

「楠木だ！　楠木党の兵《つわもの》が入り込んでいるぞ！」

戦線は長引いた。義弘は鎧直垂の軍装の上に、蝶と蜻蛉と源氏車の文様の小袖を着、亀甲文の唐織法衣を被いて前線を駆けた。立烏帽子に白鉢巻の額には決死の覚悟が現われ、蝶虫と車は輪廻転生の先にも自分が苦難を引受け、一族を生かす意志が現われ、人々を畏怖させた。亀甲は海洋国の永生を約束し、寄せてくる幕府軍を銀装の太刀が斬り払った。赤松隊・細川隊・畠山隊の将兵は、遊女能の装束を借りた義弘の晴れ舞台に気圧されながら、少しずつ包囲の輪を縮めて行った。大内側に徹底抗戦という以上の、天命を革《あらた》めるのは自分達なのだという意識がある限り、戦闘は熾烈となり、双方犠牲者が増えた。このままでは消耗戦になる、と幕府軍に不安が広がった。そういう所へ、京から早馬で報せがあり、丹波の山名時晴、美濃の土岐詮直、近江の京極秀満が、鎌倉公方満兼の「御教書」の呼掛に共感し、大内義弘の挙兵に応じて、我もと旗上げし、次々、京に向って進軍中である、という報告が届いた。諸将は動揺したが、義満はそれらは先に淘汰にかけ、力を弱めた家々であるので心配は要らぬこと、関東の情勢については、今川が挙《た》つ危険がないよう関東諸将に対する説得が利いていること、特に、上杉管領家の諫止《かんし》ある限り、公方自身の挙兵はあり得ないこと、を再三諸将に説き、動揺を鎮めた。実際、その通りになった。鎌倉公方は挙兵したが、武蔵府中に進攻した辺りで動きを止め、帰国してしまった。今川了俊は挙たなかった。関東勢十万の上洛はない、となってこの報が勝敗を決した。

十二月、二十一日の総攻撃の日は折からの強風で、義満のふるまい酒で景気をつけた幕府軍の将兵が、井楼に籠る大内勢を圧倒した。「肉汁飯」と「鯰汁」が兵の働きを活発に狂暴にした。石清水の神人《じにん》と幕府恩顧の油座の商人が調達した油樽が堀の水面に油を拡げた中へ、幕府軍の火矢が飛び、たちまち砦を炎で包んだ。井楼・矢櫓は次々燃え落ちた。幕府軍は城内に乱入し、激闘となった。大内義弘は自ら一番危険な持場に着き、盛返して再三「前線」に斬り込み、最後の日、全身に傷を負って馬上に倒れ、戦死した。十六の時、父の汚名を晴すべく大軍を発向して以来、二十八度の合戦の果てだった。大内勢は船に逃れ、瀬戸内海を疾走した。弘茂は投降し、畠山軍に捕えられたが、大内の本隊は西に逃れ、故郷の周防に帰った。

戦い終って、堺の寺が義弘の遺体を埋葬したが、幕府に遠慮して、当面、墓は立てなかった。かわりに何処からか、二人の「僧」が来て、「楠木」を植えて行った。――

その後、楠木は成長し、堺湊町の本行寺の境内に巨木となって残った。

文化・宗教・絵画
1350（頃）如拙、九州に生誕。禅寺で画技を習得。 宋・元画を好んで学ぶ。「九州狂客」の異名をとる。 1368　足利義満、絶海中津らを明国に派遣。 1374　義満、今熊野社で観阿弥・世阿弥の猿楽を観る。 1376　絶海中津ら、明より帰国。翌年上京。如拙を伴うか。 1377　（頃）如拙、義満の御用画師となる。 ○（伝）如拙筆「梅花図」（絶海中津賛）この頃か。 如拙、義満に「瓢鮎（鯰）図」の構想を需められるか。 如拙、細川頼之・楠木正儀らのため各種山水人物図を描くか。 ○如拙筆「王羲之書扇図」（の原型）この頃成るか。 1383　義満、相国寺開山を夢窓疎石とし、春屋妙葩を二世とする。 絶海中津を鹿苑院主とする。如拙この頃相国寺常住となるか。 1384　観阿弥没。「自然居士」「通小町」「布留」等これ以前に成立。 1392　相国寺落慶供養に義満臨席。 1394　南北朝和義に伴い、義満、如拙に「三教図」を需めるか。 ○如拙筆「三教図」（の原図）この頃成るか。 1397　義満の北山第立柱上棟。（舎利殿金閣この頃） 1399　義満、相国寺に七重大塔を建立。 1399　一条竹の鼻の勧進猿楽に義持を伴う。 如拙、応永の乱前後に「耕織図」「琴棋書画図」等を描く。 如拙、義満の戦役を経る間に、山水人物の要諦を得るか。 ○如拙筆「瓢鮎（鯰）図」の構想、この頃成るか。 義満、「瓢鮎図」の制作を義持世代へ持越す。 1405　絶海中津没。 如拙、相国寺開山碑建立のため、名石を索めて四国へ赴く。 1415　足利義持、如拙筆「瓢鮎図」を世に出し、五山僧らに賛を需める。

関係年表

天皇〈南〉	天皇〈北〉	将軍	年	政事・外交・軍事
後醍醐	後醍醐	1338 足利尊氏	1336	後醍醐天皇、吉野に潜幸。（南北朝分立）
			1338	足利尊氏、征夷大将軍となる。〈北朝〉
1339 後村上	1336 光明		1338	南朝、懐良親王を征西将軍として九州へ派遣。
	1348 崇光		1348	楠木正行没。正儀、棟領となり、南軍を率いる。
		1358 義詮	1360	細川清氏ら幕府軍、楠木正儀の赤坂城を攻略。
			1361	楠木正儀ら南軍入京。義詮、天皇を奉じ近江へ逃る。
1368 長慶	1352 後光厳	1368 足利義満	1369	幕府、楠木正儀の北朝への帰服を受諾。
			1377	今川了俊・大内義弘ら、九州南軍を破る。
			1378	足利義満、室町第（花の御所）に移る。
	1371 後円融		1379	幕府の南征に諸将不服従にて帰国。 土岐頼康・佐々木高秀・斯波義将らの軍勢、義満を花の御所に囲み、細川頼之追放を迫る。 頼之、讃岐へ没落。（康暦の政変）
	1382 後小松			
1383 後亀山				
			1390	幕府、土岐康行を美濃に追討。
			1391	幕府、山名氏清を山城内野で誅伐（明徳の乱）。
1392			1392	南北朝和議調う。義満、大内義弘を吉野へ派遣。 後亀山天皇入京、神器渡御。（南北朝合体）
		1394 足利義持	1394	義満、義持に将軍職を譲る。太政大臣となる。
			1395	義満、太政大臣を辞し、出家。（法名天山道有） 九州探題今川了俊を召還、駿河半国守護とする。
			1398	大内義弘、九州探題渋川満頼応援に出兵。
			1399	大内義弘、堺に挙兵。義満、絶海中津を仲裁使に送るも失敗。大内義弘戦死。（応永の乱）
			1401	義満、同朋衆祖阿・博多商人肥富を明に派遣。 永楽帝より「日本国王之印」勘合符等を受ける。 義満の外交は批判されるも、内政は守護抑制（土岐・京極・山名・大内討伐）を経て安定する。
			1408	義満、北山第に天皇の行幸を仰ぐ。
			1408	義満、北山第に没す。

著者略歴

吉野 光（よしの・ひかる）
1938年、長野県に生まれる。（本名・中島純司）
東京大学文学部美術史学科卒業。
毎日放送テレビ、東京国立博物館に勤務。
群馬県立女子大学・（京都）仏教大学教授を経て、現在、作家・美術史家。
「撃壌歌」（河出書房新社）により、第28回文藝賞受賞。
他に「雪舟漂泊」（河出書房新社）、「帰去来」（作品社）、「棹歌」（講談社）「夜遊の袖」（作品社）、「陰の都」（作品社）など。

中島純司（なかじま・じゅんじ）
美術史関連の著作として、「雪舟等楊」〈日本の名画1〉（講談社）、「長谷川等伯」〈日本美術絵画全集10〉（集英社）、「雪舟」〈名宝・日本の美術14〉（小学館）、「14〜16世紀の美術」〈岩波日本美術の流れ4〉（岩波書店）、「雪舟」〈水墨画の巨匠1〉（講談社）、「祥啓・雪村」〈日本の美術337〉（至文堂）、「伝雪舟筆・四季花鳥図屏風の成立」〈国華1422〉（国華社）、「雪舟筆慧可断臂図の成立とその時代」〈国華1515〉（国華社）など、如拙―周文―雪舟と続く中世絵画の様式成立に関わる諸問題を考究中。

将軍《しょうぐん》の鯰《なまず》

——足利義満と画僧如拙

二〇二四年七月二〇日第一刷印刷
二〇二四年七月二五日第一刷発行

著　者　吉野　光
装　幀　小川惟久
発行者　青木誠也
発行所　株式会社作品社

〒一〇二-〇〇七二
東京都千代田区飯田橋二ノ七ノ四
電話　（〇三）三二六二-九七五三
ＦＡＸ　（〇三）三二六二-九七五七
https://www.sakuhinsha.com
振替　〇〇一六〇-三-二七一八三

印刷・製本　シナノ印刷㈱
本文組版　㈲マーリンクレイン

ISBN978-4-86793-038-0 C0093

◆吉野光の本◆

陰の都

女人こそ法だ！雪舟の花鳥は法（永遠・涅槃）の菩薩だ。京都と伝説の山の都を望む信濃路を舞台に、情緒への執心に生きる男女が彩なす濃艶な物語絵巻。

夜遊の袖

戦中から戦後そして現在。親子二代の男女が紡ぐ哀しい生の綾模様。無用の豪奢に満ちた現代の魔都＝京都の町で、現世に情緒の王国を求め、耽美と好色に生きる「大人たち」の宿縁。

赤い兵馬俑

女性美術商惨殺の謎。京都東山の高級サロンを背景に、始皇帝以前の古俑の真贋と大中国分断の謀略が交錯する壮大なミステリー。

碧玉のテロリスト

女子大生ホステスの惨殺、古美術窃盗と中国分裂化工作の影。鄭成功の故地アモイに出現した涙の観音像とは…。本格国際ミステリー。